下山手日記

（ミギカタ編）

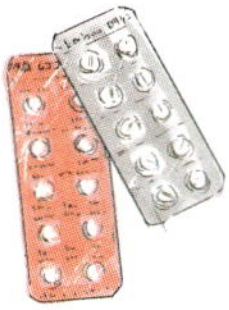

Shimo-Yamate Diary
migikata note
Nishimura Shinobu

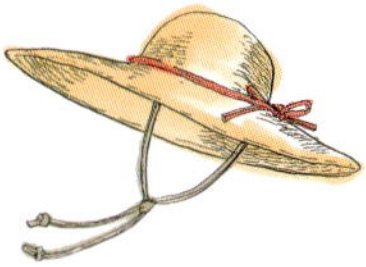

西村しのぶ

Shimo-Yamate Diary

migikata note

Nishimura Shinobu

ミギカタ編がはじまるまで

2007年7月31日
出先で転倒。救急車……。

8月1日
地元で再受診。
右肩鎖骨の靭帯が切れていて、手術選択。
そのまま術前検査済ませる。
思考停止で帰宅。

8月2日
手術日決定連絡あり。
のんびり入院の用意。
各社担当さんへ連絡したり、お詫びしたり。

8月6日

前日入院、説明と準備。
全身麻酔の説明が怖くて吐き気と目眩。
眠剤と下剤を一服盛られ、
あえなく沈没。

8月7日

手術室、見渡すと秘密基地。
ショッカーのアレというか……。
ドクターやスタッフさんに活気があります。
自分で手術台に上がります。
ビーチチェアーポジション。※ ネジ。ボスワース法。※※

8月8日

前夜のうちに足の拘束を解いてもらった。生き返った！
閉所恐怖症、拘束恐怖症です。
左手にスプーンで和朝食。30分くらいのんびりモグモグ。
じっとしてられなくてフロアを歩いたら
肩に響いて死にかけた！

入院初日
!!
ガッチリ
早々に
サポーターで
肩と肘を固められる
夜になって洗顔できないことに
気付き立ちつくしていたら
ナースさんが蒸しタオルを
配布してくれ一安心.

※本来の肩関節の動きを手術中に妨げない体位。
※※受傷後時間が経過した際に行われる手術法。
アキレス腱断裂に対して行われることが多い。

8月9日

腕を動かす練習開始。
自分でリハビリとストレッチ。

8月10日

退屈したので
しばらく会ってない遠くの友人をわざわざ選んで
『今、警察病院。手術でネジ埋められた』とメールする。
夜中ずっと起きて本を読み続ける。静か。寝れ。

8月11日

退院前日にもかかわらず、何の書類も届かなくて困惑。
ホントに釈放？

8月12日

退院した足で
高島屋別館へお茶を飲みに。
濃い紅茶にミルク。美味し!!

というわけで、スタート♥

2007.august ～ 2008.september

tue 8 21 2007

保護観察中、出頭

退院後初の外来、
縫合部分の保護シートをはがしてもらう。
傷あと、ちょっと良い目印に。
今後も大事にします。
診断書を依頼。
リハビリ、外旋を追加。
今日のドクターは少し優しかった。

お見舞いというか、差入れ…

入院前、樹猫《じゅねこ》※から漫画爆弾投下受けた。
病院のベッドで読むマンガを箱詰めで。
『肩をシリツされて果たして読めるのか…?』と思い、
玄関で即開封し読んだ。

※友人にして
HP『下山手ドレス別館』管理人

wed 8 22

夏のブラウス、冬のコート

背中まで覆う肩サポーターが夏場はつらい。
綿ローン薄手ブラウス3枚でやりくり。
無印でテキトーに購入。
かわいくて着やすくてお気に入りになった。

『今年はコレだ！』と、怪我をする前からチェック
しててやっと買ったｇｒｅｅｎのモッズコート。
実はこれがすっっっごい重量で………（気絶）。
ネジ留めの肩で耐えられるのか。ううん、無理。
羽織るのですら、ひとに助けてもらう始末。
片手で持ち上がらないんだもん。
寒くなる頃にはなんとかなってますように。
いや、たぶん無理だろう。
今や試着するだけでも肩が痛む、恐ろしいコートに！

ネジとともに生きる

肩の奥（どこよ…）がつっぱって
動けなくなる瞬間がある。
やはり固定されてる！　ネジ！　ネジなのね！

つーじぃ、雷鳥でお見舞いに現る

『マダム、出所おめでとう！　シャバでお茶でも！』
元担当つーじぃ、さすがのセンスで、
にくそいメールを送ってきた！
靭《うつぼ》公園カンテⓈで再会を楽しむ。
病院のＶＩＰ患者さんの話をしてウケる。
彼女のシリツの話もなかなか味わい深かった。
エール交換、お互いの健闘を称え合って解散！

★追記

このとき、つーじぃと湿潤療法※の話をしました。
救急で膝の怪我にプラスモイストというシートを
貼ってもらったので。
『おお、これは自転車乗りの人たちのあいだで
評判のアレでは！』
確かに膝の皮膚は貼らなかった背中より
キレイに治りました。
彼女はちっさい息子の怪我をラップで治療中、
あせも作っちゃった、と。
ウフフ、定番コース。まあ、すぐ治ってなによりです。

※創傷や熱傷などの皮膚潰瘍に対し「消毒をしない」「乾かさない」「水道水でよく洗う」を3原則として行う治療法。

Ⓢｐ１２０「お店リスト」参照。

sat 8

25『!!』

邦彦の居候先モデル物件、更地に。あらまあ。
来年は『ライン』再開したいな。
単行本にイラスト集、スケジュールが後ろへ後ろへ。

sun 8

26 レフティ、寝返り

歯ブラシ、箸を左で使う。
左手だけでコンタクトレンズの着け外しをする。
水遣りのホースも左手で持って、
メイクも左手でゆっくりする。
いろんなことを時間をかけて
練習してるうちに、
右手も徐々に回復。
寝返りがうてなくてずっと
寝苦しかったけど
ここ数日はそれもできるように!

スウスウ
この頃 寝るのに
クッション3個駆使!!

tue 8

28 脛《すね》と足首

世界陸上開催中。
街なかにアスリートが買い物や観光に来ていて
ワラクシ、目をキトキトさせています。
長い脛がステキ…。
自分はガタピシですが。
リハビリ中ですが。
青タンだらけですが。

ロキソニン※、寝返り

転倒から4週間。
膝や肘、打撲の腫れが
ほとんど引いてほっそり。
とはいえ、まだ膝のジョイントが痛むので
ロキソニンを処方してもらう。
ときどきね、ときどきなんですけどね（強がり）。

大晦日〜元旦早々の親知らず騒動でも
ロキソニンけっこう飲んだ。
今年だけでもう一生分のロキソニン飲んだのではないか。

「長時間歩くとか仕事するとか用に
持っておくといいよ」って
数日分程度と思ってたら14日分の量を受け取る。
これでまた一生分くらいある。
先はまだ長いのでしょうか。

痛みが軽いと寝返りも楽で、眠りも深い。
抱き枕に肩を預けてスゥ。

※炎症をしずめて、腫れや発赤《ほっせき》、
痛みなどの症状を抑制・解熱する。

wed 8

29 新しい椅子、届く

このガタピシな身体を
優しく支えてくれますように！
40越えたら器材でフォロー。

sat 9

1 能楽会館へ

〝ビッグポルノ〟※のイベント、
ゲストがザ・プラン9なのとハコが気になって
出かけました。

能舞台の決まりごと、神聖な舞台では白足袋厳守！
出演者、全員白足袋！
白足袋着用でなら黒エナメルも下ネタもハードゲイも
オッケー！
線引きがクリアで清々しい。

※吉本興業に所属する小籔《こやぶ》千豊《かずとよ》とレイザーラモンの3人による
お笑いユニット。
並びに彼らによるイベントの名称。

土の日

オリーブの実がかすかに色付いてるのを発見！
嬉しい！
かわいい小さい実が10個、完熟まで死守あるのみ！
ジャム瓶で塩漬にしたいものです。

sun 9 2

漫画爆弾2個目開封

樹猫から投下された猫漫画
詰め合わせを新しい椅子で読む。
その間、膝には温湿布。

『新版・図解スポーツリハビリテイション』も読み、
ストレッチ。
せっかく付いた筋肉が落ちてガッカリ。
足首の筋、なかなか良かったのになー。

wed 9 5

豆煮で汗をかく

フムスを作る。
本を読みながらひよこ豆を煮、
クローズアップ現代を観ながら皮を取る。
2時間かかって、最後に塩入れすぎでしょっぱい！
ギャー！
半分は牛乳足してスープに変更、
ビミョーなリカバリー……。
予告カットを途中で忘れていてギャー！
小暴れしただけ、フムス切り上げ。
残りは冷凍。

9 7 fri

わたしのお財布とコスメポーチは派手だ

バッグの中で見つけやすく。
見た目、楽しく。
シルバー、フューシャピンク、ブロンズゴールド、豹。
ＰＲＡＤＡで一連の黒い新作をすすめられて
「黒い小物はもういいかなー」って。
大人になりました、はっはっは！

手術から一ヶ月経過。
身体と気持ちがしゃんとしてきました。

★追記
この後、毎月１㎏体重が落ち、４㎏減量。
シリツは体力を奪うってこういうことです。

mon 9

10 石けんシャンプー再開

入院4日目に看護婦さんに洗髪を手伝ってもらった。
「入浴していいの!?」と売店へすっ飛んでいき
間に合わせで買ったTSUBAKI。
出所してからはヘッドスパも行ってみたり。

このところ、
ようやっと手にチカラが入るようになったので
自分で上手に泡立てられる。
ココナッツクリームソープに戻して
シャカシャカモコモコ。
去年の春のバリ旅行、
ウブドゥのスーパーで買った石けん。

今年は警察病院6泊7日12万円、
オール・インクルーシヴ。

保護観察中、出頭②

術後一ヶ月、ジョイントは落ち着いた！
ドクターが肩サポーターをはずしていいですよ、と！
ネジを取り出す日も決めましょう、と！
しかし、心が晴れても腕は重い！
あきらめてサポーターをもいっかい着けて
ギクシャクしながら病院を出る。
就寝時はまだ装着厳守。寝返りが危ないの……。

そして、怪我をしててもバッグを買うわたし。
それがわたし！
軽い素材のシルバーを選び〝カゴにいれる〟をクリック。
しばらく、黒革のプラダ（重い）や
パディントン（もっと重い）はお休み。

現在、右腕の耐荷重1kg程度。

9
14
fri

職業婦人の邂逅《かいこう》

今日もカンテでチャイを飲むわ…。

ナイスクラップ勤務のクロちゃんに遭遇。
カンテではいろんなショップのスタッフが
休憩したり打ち合わせしたり、をよく見かける。
先日も隣りのテーブルがナイスクラップさんの
打ち合わせだったので
『クロちゃんは元気かなー』と思い出してた。
『そのうちここで会うかもねー』とか。
そのとおりに会えて満足！　熱く立ち話！
前回会ったのは2年前かな、
心斎橋筋商店街のショップの前。
お仕事を続けているひとと
定点観測のように会えると嬉しい。

Ⓢお気に入り度♡

MANGO SHOWER Cafe	♡♡♡♡♡
カンテ・グランデ　靱公園店	♡♡♡♡♡
カンテ・グランデ　中津店	♡♡♡♡♡
チリン	♡♡♡♡♡
チャイ工房	♡♡♡♡♡

Ⓢp120「お店リスト」参照。

こんな採点、意味ないか。
つーかどこも良いのでお気に入り。

9 sat 15

間違った包帯の巻き方

シャレになってないお見舞いリラ。
入院中、ずっと枕の陰で保護者ぶりを発揮……。

9 sun 23

軽やかな、関節の立てる音

ここ数日、なにかの拍子に肩がポキッ……と。
今まであんまり身体の関節が鳴ったことないんですけど。
軽い音と感触、耳を澄ませて続きが鳴るのを待つ。

fri 9 28

ロキソニン、再び

半日、机に向かっていてダウン。
久しぶりにロキソニン飲んだ。効く……。

sun 9 30

イノッチ、結婚か…

10年位前、天宮志狼に
「えー、V6知らないの!?」と
思いっきり笑われ
『知ってるほうがアウトだろ!』と
思いっきり沈黙したことがありました。
男は育ってからのほうがいいです。
イノッチ、とってもいいかんじ。

3 wed 10

ネジとともに生きる②

肩、つっぱります！
二の腕、重いです！
姿勢良くしてないと肩甲骨がつっぱります！
この不思議な身体感覚。だれのカラダなんだか。

とくにアイ・メイクは疲れます。
腕が上がらないのでうつむいて描きます。
マスカラも命がけで塗ります。
ホット・カーラーは案外早い段階で
扱えるようになっていました。
ただ、ヘアゴムで髪を束ねる、
ということがまだできないのです。
けっこう複雑で力のいる動作です。

4 thu 10

ネジとともに生きる③

今日も肩が突っ張ります。
原因はＺＡＲＡでパンツを試着しまくったため。
重いものが持てないのに
ローウエスト、骨盤キチキチのパンツを
そう簡単に引き上げられるわけがない。
試着室でひとりがんばった。

レントゲン画像はＣＤ－Ｒでいただきました。
昨今いろいろデジタルです。

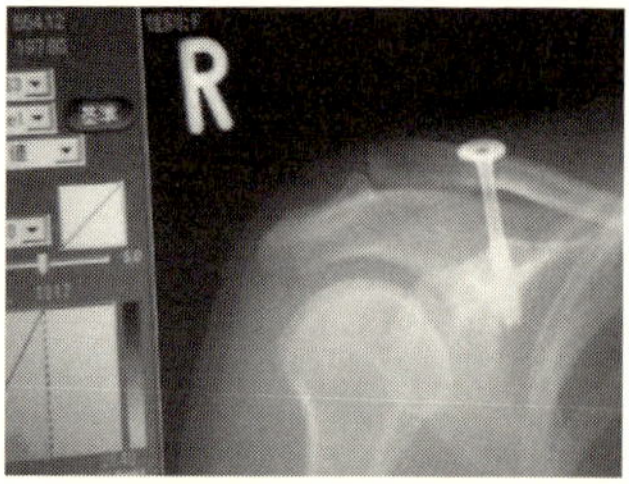

10
fri
5

〝shinobu migikata note〟本日より公開

その日暮らしメモです。
イラスト集や単行本が全て延期、
せめて、
ヘボくま闘病カットでも
お楽しみいただければ、と始めました。

怪我をしたことは、
お仕事関係しかお知らせしていませんでした。
フィーヤン『下山手別室』で驚かせてごめんなさいね。
今は元気です。
肩、痛むけど。
肩、重いけど。
肩、突っ張るけど。

★追記
一番驚いたのは
Ｋｉｓｓの新しい担当さんだと
思われます。
顔合わせ直後の
ファースト・メールが
『腕、ケガしちゃった。
来週手術、エヘ♫
お休みさせて下さい』
でしたから……。
すみませんでした……。

mon 10

8

秋バラ咲かせて

怪我をした日と翌日に世話が出来ず、
炎天下ベランダ放置２日間。
後日かなり葉を落としました。
ごめん。
退院して最初にしたのがベランダの遮光、バラの手入れ。
摘蕾《てきらい》して稲藁堆肥をやって碧露《へきろ》を散布して。
バラ、丈夫です。回復を見て２鉢だけ咲かせました。
ヘリテージ、スピリット・オブ・フリーダム。
葉っぱが可愛かった畑ワサビは完全に沈黙。
大阪夏の陣を乗り切れず。

この夏のトワレはＳＴＥＬＬＡのＳＨＥＥＲ。
淡いバラの香り、メタリックプリントの美しいボトル。
本当に暑くてカラダがグニャグニャで、
せめてそういうモノで気合を入れていましたよ。

fri 10

19

ロキソニン、ギブアップ

肩が痛くて、減ページで今月を終えました。
ごめんなさい。
アシストのみんなに
「痛いー、痛いよー、痛いってばー、ねー」と連呼。
同情をかう作戦で進行してみた。
さっさとロキソニン飲め……。

tue 10

23 保護観察中、出頭③

朝から風邪気味。
検査のあいだ、
待合室にいるあいだにだんだん熱があがります。
ドクターに「どうですか?」と聞かれて
「風邪ひいたみたいで」と答えそうに。

診察台で腕の強制ストレッチ。

「拘縮《こうしゅく》が起きてます、手術までに柔らかくしましょう」

とサバサバあげられました。


これがもう、なんというか、痛くて腕が取れるかと。

取れませんけど。

大人だから涙目で我慢しました。

足バタバタものでした。

sun 10 28 ランコム、ヴィルトゥーズ

久々に外資系マスカラを
（日本人向け仕様）。
いやー、なかなかでした！

tue 10 30 Ｎ７００、そして思い出

水曜から再び銀座へ。
２件、小さい打ち合わせを終えたらあとは自由。
友人にネジの話などして過ごす予定。
往路、のぞみＮ７００系はＡ席しか空きがなく、
普通の７００系に。
富士山側シート、絶対。

1年前、サイン会で上京する際のこと。
のぞみ車内で忘れ物に気付いて愕然。
『アンダースカートもってこなかった！』
ギャルソンの、シースルーの、
黒のスカートの下に着るヤツね。
サイン会衣装のね。
いっそスケスケで人前に立つか！　思い出作るか！
いっちょ無駄サービスするか！
無駄どころか逆効果だろ！
パワハラだ！　返本されるわ！

スケジュールはキチキチで買いにいく余裕は無し。
ヒール履いてて機動力も無し。
車内から別ののぞみで移動中の友人にメール、
「SOS！　黒のペチコート所望、できればロング、
手配可能か？」
……その日、無事、ブツは
紀伊国屋書店バックヤードに届きました。
すばらしい、友と、その友よ。
トリンプの黒のペチコート、
スリットも入って着心地いい。
よい商品です。
まあ、舞台裏の楽しい思い出、ってことで。

wed 10

31 いいかげん学習してはいかがか

新幹線車中から今夜会う友人全員にＳＯＳメール。
『だれかｉＰｏｄの充電器貸して！』
富士山の冠雪《かんせつ》、美しかった。

★追記
新しいのぞみ（Ｎ７００）は
席にモバイル用コンセントが!!

最初に言ってはいかがか

久々に人妻黒ドレス連盟のサバト開催。
銀座路地裏の和食屋さん、
お座敷で存分にウィッチズ・バカ・トーク。
魔女達ほとんど飲まず、それであのテンションはすごい。
こちら、まだ笑うと肩が痛いのよ！　殺されかけた！
そしてあんなに笑っても
ヴィルトゥーズにじまなかった！
やるわね、ランコム！

別れ際、振り返った江戸っ子魔女が
「あ、しのぶセンセ、肩、お大事に」と。
「…って、最初に言えってんですよね、あははは」と。
そのとおりです。先、言え。

次に会うとき、ネジはもうないよー。

1 thu 11

婚姻届、ガールズトーク

それはそれはかわいらしい、若い友人が結婚することに。
わたくし、初めて結婚証人になりましたよ！
嬉しいです。
証人任命がこんなに嬉しいものだったなんて。
本当にありがとう。

ホテルのわたしのお部屋で、婚姻届の証人欄に署名捺印。
居合わせた友人たちも涙目。
そして涙目のまま、バカ・トークへなだれ込み。
えーと、それはもう、まるで
バチェラーズ・パーティー!!
（オナゴなのだが！）
脳内ダダ漏れ。
最初のテーマ出しは新婦当人でしたから
ハラスメントではなくてよ！

fri 11 2

セルリアン、そして思い出

去年はお仕事、
一昨年はナーオの結婚式参列のため渋谷に宿泊。

結婚式前夜、ちょいと連絡してみると
ホテルでひとり留守番していた新婦ナーオ。
なんでよ!? なんでひとりよ!? 新郎は!? 親族は!?
女友達と相談して連れ出し、
まず広尾の〝分とく山Ⓢ〟で食事をさせる。
野崎さんから御祝にと、
お土産をいただき感激するナーオ。

さらに〝モード・エ・バロックⓈ〟で祝杯、
六本木界隈一の女王様、雅さんのエレガントなサロン。
記念撮影などして遊び、さすがに早めに解散。

〝ナーオ、式前夜にSMクラブで飲んでた〟
そのネタのためだけに大枚はたいた。

Ⓢp120「お店リスト」参照。

wed 11 7 ネジとともに生きる④（最終回）

たぶん春まで自転車に乗れないので
（こっそり乗りますが）
街の女へ戻るべく、
ピンヒールと軽いコートを買う。
去年は新しい自転車を漕ぎまくっていたので
太いヒールのブーツに服はアウトドア仕様。
街のカンを取り戻せ！

とっとと帰宅して翌日の入院に備え……たりせず
夕暮れ眺め、さっむいオープンカフェで
延々と友人とお茶。
『暑くて長い夏だったよ！』『けど今日はもう寒いね！』
『タイツの季節だよ！』
『ネジの手術、心底待ち遠しかったよ！』
『待機時間が長いよ、ブルーだよ！』
そわそわそわり。

thu 11 8 さっさと同意してはいかがか

入院してから手術同意書紛失発覚。うーわ、顰蹙《ひんしゅく》。
『アンタ今日なにしに来たんだ……』という
ナースさんの視線が痛い。

sat 11 17

PRADA、電話呼出

クリスマスに向けてのアクセサリー類が入荷したわ、と。
ミウッチャがちょっといらっしゃい、と。
ま、御覧なさいな、と。

（目当てのチャームは無かったけれど、スカートを購入）

それと揃いのジャケットが入荷したら
また連絡するわね、と。
いいなりですわね、ほんとにね。ユーロ高を実感。

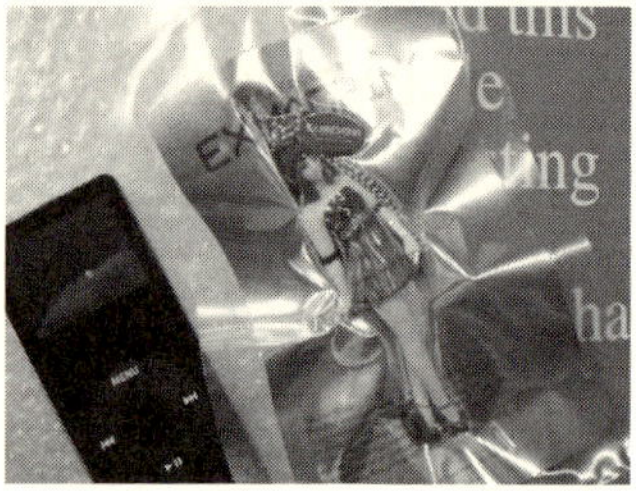

wed 11 21

エッジ、たってます

さすがメディカル・グレード、美しいネジです。

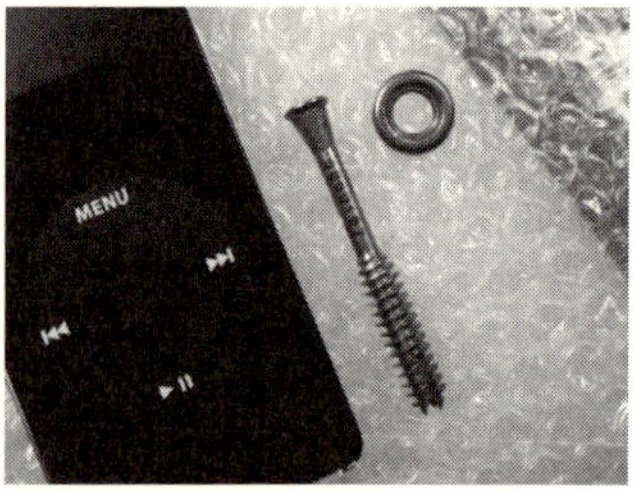

右肩鎖骨から取り出されたネジ。

thu 11 22

経過メモ③（メモとってなかった！）

8日
身長体重測定。手術同意書行方不明。
窓際でｉＰｏｄ聴いて夕日を眺め自閉。
眉を薄茶色に染めているので化粧を落としたら能面。
ナースさんに二度見された……。
イリュージョンではないですよ……。

9日
新月に絶食、ラマダン……。午後3時の手術まで待機。
今回の麻酔はマスクだけ？
1時間で済むし、
すぐ起きて歩けるから尿管もなしということで！
けどノーパンだった！　なぜ！　（どうでもいいですね）
術後、目が覚めたら
身体は動かないけど肩がだんだん痛くなってきて
『ネジはずしたんだ』とぼうっとした頭でもわかって
嬉しかった。
ドクターが取り出したネジを届けてくれたことを
覚えています。
嬉しくて笑いながら「いたいー」と答えたのを
覚えています。
一緒にいたナースさんが笑顔だったのを覚えています。
その夜は遅くまで本を読んだり音楽を聴いたり。寝れ。

10日
朝食を食べて退院の支度、
眉を描いたらやっぱりナースさんに二度見された。
午後3時、ユーミを誘ってチリンでお茶。美味し。

保護観察中、出頭④（最終回…と思ったら！）

19日、夕方ゆっくり出頭。
抜釘後の保護シートをはずしてもらって
うわー、これで自由放免、と思ってたけど違った。
まだ続きます。ストレッチを2種類追加。
今回は診察台で腕を曲げられる前に
「痛いー、やめてー」と正直に申告。

傷は縫うのではなくテーピングされてました。
十日経過でスリットが小さく残ってるだけ。

★追記
かなり痛いストレッチで全然肘が動きません。
けど効きました。翌日すぐ。違う方向へ。
なぜ。まあいい。
こうやってチューニングするように
治していくのでしょう。

fri 11 23

御堂筋のイチョウ並木を愛する

ほとんど毎日、御堂筋を散歩。
ヒールでガンガン歩く。
夏場は膝下がギクシャクしてたので
おとなしく眺めていて
そのぶん、今、意地になって歩いています。
肩を取り戻せ！　カラダを取り戻せ！

神戸から大阪へ越してきた冬、
ひとの声が大きいこと、
歩いていてやたら当たられることに疲れて憂鬱でした。

けれど、御堂筋には快適な歩道と
イチョウ並木のイルミネーション。
淀屋橋から心斎橋へ、
日暮れの散歩を楽しむようになりました。
並木は葉を落としていても立ち姿や枝振りが美しい。
日中も上を見ながら歩くようになりました。

夏から秋、側道にはイチョウ並木の見事な天蓋が。
自転車で爆走するのが最高。
今では雄株と雌株の見分けもつくのですよ。

wed 11 28

あみだくじ、ドラフト

仕事中にお寿司（特上握り）を取りましたところ、
一人前余りまして。
握り8貫に対して漫画家とアシスト3名、
「シェンシェーにウニとトロ頂戴！」と主張したけど
却下されまして。
ここはフェアにあみだくじで、と。

もちろん私、トロを引き当てました。
運はこういうところで使いましょう。
さらにクジに致命的な不備があり
（7本しかないですよ！）
（エキサイトのあまりだれも気付かず！）
あみだ制作したアシストの引き当てたウニを
罰として取り上げご満悦。

あとのふたりは交換したり譲り合ったり。
最初からドラフトで二巡すればよかったのでは！
わがまま通ったからまあいいや！

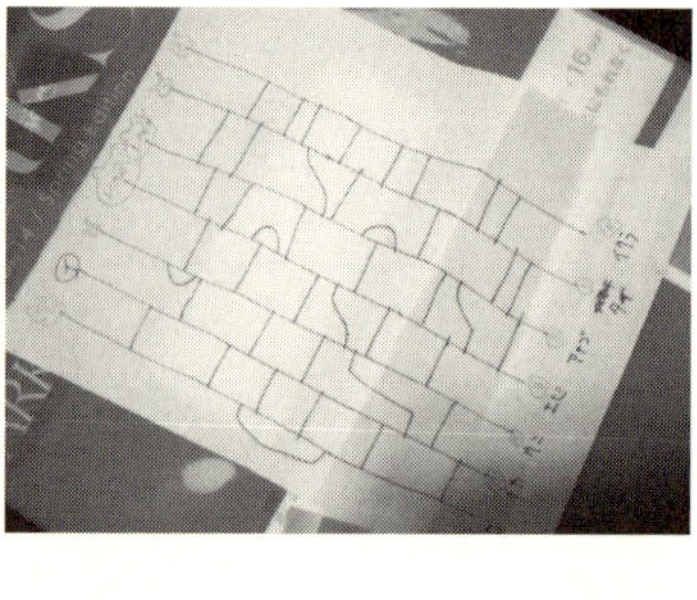

fri 11 30

NO　ロキソニン、ギブアップ

順調に回復していますが、
今月もネームなかばで肩が固まり
『一緒に遭難したいひと』減ページ。
『下山手ドレス』は
フィーヤン、ニュータイプとも12月売りは
お休みいただいてます。
ごめんなさい。

痛いのは単にストレッチ不足、
とくにロキソニンは取らず。
右手でＢＲＩＴＡの１Ｌピッチャーがらくに持てます。
棚の高いところにも手が届きます。

2 sun 12

PRADA、電話呼出②

件のビジュー・ベアのチャームが入荷。
原稿明けの翌日は身体フラフラだけど脳内は至福のとき。

一週間こもっているあいだに
御堂筋のイチョウ並木が完全に黄色く変わっていて
美しい。
カフェ・ソラーレまで歩き、外席につき日暮れの一服。
早くビジュー・ベアを引き取りに大丸へ…と思ってても
動けなかった。
イチョウ見つめすぎ。

ソラーレはドルガバのスタッフさんが
よく休憩していますね。
ユニフォームの黒のパンツ、さすがにラインがきれい。
欲しい。

fri 12

7 シングル、ローディー

自転車ショップの担当の彼。

30代、正社員、明るく丁寧な接客、
きれいな歯並び、今風ではないが男前で、
背はまあまあ高く、足はすごく長く（!!!）
熱心にトレーニングし、
鈴鹿だ富士山だ沖縄だとレースに参加、
なかなかナイス・ガイだといつも思う。

彼の話をすると
『わたしだったら三顧の礼をもって
結婚してくださいっていうね！』
……と、人妻達は必ずいう。

12 sat

8

シングル、ビューティー

年下の女友達。
30代、美人、かわいい、
オシャレを楽しんで仕事もテキパキ。
マンガ、アロマテラピー、ダイビング、サッカー、
手仕事、流浪……。
みんな、いろいろ究めています。

年上の友人（わたしだよ！）の説教（趣味だよ！）は
軽く聞き流し、
一緒にお茶とおしゃべりとバカ笑いを楽しむ。
原稿が進まない深夜、
彼女等にくだらないメールを送って甘える。
ひとりのときに考えていることを聞かせて、と思う。
この場合、ストレートに『一緒に遊ぼうよ』という。

mon 12

10 オフ、鉄砲玉

寝坊、美容院、ウェッジウッド・ティールーム。
阪急インターナショナル、ＧＵＣＣＩ、
フィリップ・ジャンティ。

まだ帰らない！
ＳＡＺＡ＊Ｅ※で田中知之氏のイベント、
踊りに行こうかと考えてたら
間宮ワークス系ダイニングへ誘ってもらって、そちらに。
ちょっとステキな物件はあらかた
オペレーション・ファクトリーか間宮系ね！
シャンパン、フォアグラ、穴子、有機野菜。

まだ帰らない！
アルテミスⓈで追加のシャンパン！
森奈津子シェンシェーの話をして楽しんだ！
5年位前、シナリオ教室の小説作法講義を受けたことが
あります。
すごくわかりやすくてためになりました。
お話、上手だったな。

帰宅したら朝刊届いてた。
戻った時間がダンナにばれるので取り込まず放置。
んー、思いやり……。

丸一日、ストレッチをサボりました。
肩が痛いよー。

※２００７年末にクローズ。

Ⓢｐ１２０「お店リスト」参照。

tue 12

11 オフ、鉄砲玉（'06）

堺筋、中の島、桜ノ宮公園、淀川河川敷、松屋町筋。
みなと通、天保山、渡船、なにわ筋、靭公園。
Ｐａｔａｇｏｎｉａ、
Ｂｒｉｄｇｅｓｔｏｎｅ ＡｎｃｈｏｒⓈ。
里山ソルビバ、チャイ工房、本町スターバックス、
堀江スターバックス。

昨日のｎｏｔｅを参考に一年前の様子を。
自転車で乗り付けても安心してお茶が飲めるところを
いつもチェック。
髪はひっつめで伸ばし放題、
顔は日焼けしてチークが全然のらなかった。

Ⓢｐ１２０「お店リスト」参照。

wed 12

12 熊毛を整える

わたしのニッチな趣味に
『テディベアの、縫い目に落ちている毛を
フサフサにする』
というのがありまして。
金属ブラシみたいな小道具でちょちょちょ、
と梳《す》いてやるのです。
といっても、テディベアをそうそう買うわけもなく
数年に一度あるかないかのお楽しみで。
そんなところへ樹猫から届いた、
〝農大テディ〟、東京農大収穫祭土産の携帯ストラップ。
ぞんざいな縫い目とモヘア生地に激萌ェ！
魂が醸《かも》された！
仕上げ、もー全然なっちゃいない！　あはははは！
さっそくブラシでさりさりさり！
高学歴テディ、フッサリ仕上げた、
かわいい白衣姿をどうぞ。

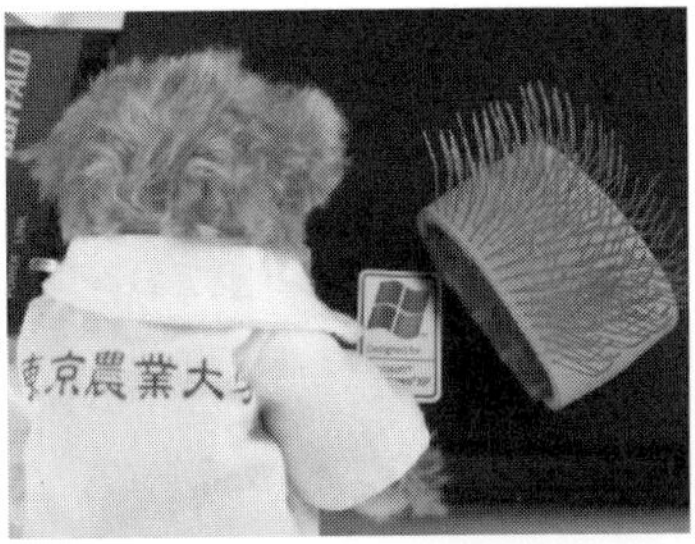

熊毛を整える②

PRADAのビジュー・テディもやはり細部はぞんざい。
自分で繕って強化。
短毛種なので縫い目はメンテ不要。
血統書付き、かわいいオシリをどうぞ。

fri 12 14

migikata

いつの間にか髪を後ろで束ねることができるように
なっていました。
途中で「いたたた……」と、つぶやいたりしない！
キュッ！

膝を打ったあとがまだ少々見苦しいかな。
皮膚の下に血が溜まって……らしい。見守り続行。
うっかり膝をつくと痛い！
そういうのに限って不意打ちくらう！
そう、すでに忘れてるから、だから、いいの。

★追記
この膝の痛みがとれるのに
2年近くかかりました。
膝、大切にね!!

冬のROSE GANG

来年の植え替えの土を仕込む頃合、
バラの師匠がそわそわしています。
バラ友だちもそわそわ。
今年は稲藁堆肥10kg発注。
あまり念入りにブレンド作業
できないから（土って重い……）
少々高くつくけど専用のバラの土も発注。
ベランダで土をさわってると和む。
なんでしょうね、これは。
寒風にさらされる屋上ベランダ25㎡。バラ7鉢。
オリーブ2鉢。宝物よ。

夏に沈黙した畑わさび、
放置してたらいつの間にか復活！
かわいい！　かわいすぎる！　好き！
葉っぱの直径、ただいま1㎝。

mon 12

17 保護観察中、出頭⑤（最終回）

課題のストレッチをクリア！
無罪放免となりました！
ドクターは笑顔でネジ穴のレントゲン画像を開いて
「自転車は春まで自粛を」と。まったくです。

帰りのタクシーで涙出ました。長い夏、でした。
いろいろ、ホッとしたのです。

wed 12

19 本を積むのは30cmまで

毎日なにかしらｂｋ１とＡｍａｚｏｎから本が届く。
さらに図書館の蔵書検索をクリックして予約、
さらに本屋さんへ新しい出会いを求めて買出し。
おうちのあちこちに本の小さい塔ができる。

ネットでは関連図書を芋づる式に次々注文します。
到着は五月雨式に数冊ずつ。
先日、ｂｋ１とＡｍａｚｏｎから
新明解国語辞典と現代用語の基礎知識とエロ本２冊、
同時に届いたのでおかしかった。
『仕事もしな！』と叱られたような気がするよー。

mon 12

24 クリスマス前に柊の花

近所にわりと大きい柊が一本植えてあって、
ほとんど放置というか、
通りの風景の一部と化しているので
開花してから香りで
『あ、今年も元気だった！』と気付く。
たぶん鬼門だから植えてあるんだと思う。
というのも宝塚の実家、
母がやっぱり同じように北東に柊を植えてたから。

thu 12

27 冬のROSE GANG②

稲藁堆肥、牛ふん堆肥、赤玉土、と次々到着。
牛ふん堆肥には梅の実の種のカケラが
ときどき混じっている。
生産が堺の業者さんなのできっと
〝大阪ウメビーフ〟の牛さん！
梅酒を作ったあとの梅の実を飼料として
育てられているという話。
あの実、おいしいよね。

sun 12 30

おせち'06

去年はサンミⓈで玄米ちらし寿司のお重を予約。
スタッフ総出の手作り、見事なおせち。
重箱や箸袋まで手作りでした。

茶屋町のお店へ受け取りにいったとき、
やはり予約のお重を持ち帰る安藤忠雄先生に遭遇。
ご自身で受取りにいらしたのですね……。
以前にも茶屋町のなんてことのないピッツェリアで
お見かけしました。
きさくなおっちゃん、なのでしょうか?

Ⓢｐ１２０「お店リスト」参照。

2008

A Happy New Year

今年もよろしく♥

tue 1

1 2008

新年おめでとうございます

30、31日と美味しいものを少しずつ買い込み
なんとなくつまみながら掃除したり片付けたり。
樹猫も長野へ里帰り、旅立ちました。
夫は制服組なので年末年始の休暇はあまり関係なく、
今日一日だけ休んだら、あとは普段通りです。
嫁は一日に肩から全身ストレッチ朝昼晩3回、が仕事。

thu 1 3

Baby G、new!

電波でソーラーなG－SHOCK。
プレゼントしてもらいました。
スタンダード・モデルはすでに完売していたそうで
ワラクシのはなんと土屋アンナちゃんモデル……キャ。
バラの描かれたボックス入り。針と文字がゴールド。
すてきだ！

またモテないアイテムを増やしました。
（大好きですが）
大きい文字盤の時計ってモテへんやろうね、
と先日若い友人と話したばかり。
（華奢な時計をどうぞ）
背が高く声が低いという、
それでなくても不利なワラクシが
ますます不利になるアイテムを！
（この件つづく）

sun 1 6

おかん買い、というマジック

ネジ抜き手術の数日後、お見舞いにと、
人気の堂島ロールをいただいた。
「はい、これ、しのぶさんの分。
今日は別に並んでなかったからついでに」
街でよく見かけるオレンジ色の保冷バッグを渡されて
大喜び。
なに、この嬉しさ！　自分で驚いた！
わざわざ並んでまで買わないよ、なんていってても
おすそ分けサプライズは嬉しい嬉しい。

さらに後日、
マリアンジェラのバウムクーヘンもいただいた。
「門戸厄神に行ったからついでに」と。
さらに大晦日、
フランス土産のバターやチーズをいただいた。
「パリに行ったからついでに」
ついで、とは思えない量を。

明けて新年の三日、愛媛の新しいみかん
〝紅まどんな〟を箱でいただいた。
送ってくださったおねえさんとは新年の挨拶もまだで
今の段階では愛媛からなのか取り寄せなのか不明。
大人になってからもらうお年玉は嬉しいなー。

美味しいもの共有、という連係プレーは
止まるところを知らない！
ウフフアハハ！

wed 1 9

お年玉のTOKYOBIKE

ロードレーサーの遠乗りは自粛中。
しかし、ご近所乗りには小径車！
夫に買ってもらいましたよ！
『乗る!? 乗るんだ!? 乗っちゃうんだ!?』と
関係各位のツッコミが聞こえます。
ドクターの苦笑いも浮かびます。

fri 1 11

土の日②

ベランダのオリーブの実ですが……。
秋のある日、忽然と消えました。10個全部。完熟で。
下に落ちたかと探したけど、ないものはない。
んーと、鳥……？
まあいい。また来年。

sun 1

13 大人の乙女集合

池田理代子先生のサイン会へ。
神戸大丸ミュージアムの原画展のイベントです。
若い友人に早朝整理券競争を戦ってもらい、
卑怯な手段で合流。

活版原稿、線の美しさに、お、お、お、驚いた！
どもります！
ためらい線・はみ出し線・間違い線がないですよ！
ミスノン修正がないですよ！

そのあとは、紅まどんなのおねえさんのご縁で
元町のシックなお洋服屋さんを表敬訪問しましたよ。
本日は年上の女性3人とゆっくりお話しする機会を
もてた、不思議な日。

★追記
さらに北野坂（の裏通り）でちょっと飲んで
帰宅は午前様！　ウヒョ！

三宮～難波でタクシー料金８５００円
（深夜割増、高速料金込み）。
このへんでは５０００円越えた分の運賃が半額、
というサービスがあります。
何年か前、昼間に乗ったらやはりそのくらいでしたから
今回乗ったタクシー会社はとても低料金ということに
なりますね。
運転手さんに、コーヒー飲んでください、と
お釣りの５００円玉を渡しまして
運転手さんから「お仕事あんじょういきますように」と
いってもらいまして、長い一日、終了。

2 1 fri

ちょっと後戻りで、まあいっか

今頃になってどうにも傷あとが痛い。
今日は机に向かうのをサボって
ベランダ仕事に耽りました。

まず手にワセリンをすり込み綿と革の手袋で
二重にガード。
落ち葉を拾い、もさもさのアイビーを散髪し、
土をブレンドして
バラを軽く剪定《せんてい》してたら日が暮れて冷えてきたので
タイムアウト。
身体を軽く動かすと楽になります。

先月の中ごろ。
『頭皮や首筋が痛いよー、
髪にブラシをかけても痛いよー』
『これはもしかして奥歯?』
『親不知抜歯から一年、
ついに予告されてたアノ歯が虫歯に?』
と怯えてたら
「それ神経痛だから!」と経験者に教えてもらって驚愕。
半月ほどシクシクしてたらいつのまにか痛みは消失。
神経痛……神経痛ねぇ……。

次々襲いかかってくるいろいろな痛み!
右膝と右手の薬指の打撲も尾を引いています!
中途半端だ!

mon 2

4

ｉＰｏｄ ｎａｎｏ、ｉ－Ｂｏａｒｄ、Ｐ５０４ｉｓ

ｎａｎｏの電池が疲れ気味。あるサイトで調べたら
寿命はあと２５０日くらい、と。
せっかく付けた2年保険は先月切れてて膝ついた！

また、ケータイのほうも近いうち
ｍｏｖａサービス終了でしょう。
Ｐシリーズはｉ－Ｂｏａｒｄが使えて
（税理士さんにもらった）
お仕事用の長文メールもらくらく作成なのに！
……今後、電報みたいなメールが行ったら
すみません。
お次を検討中。

wed 2
6

オールドファッション抹茶、ポンデ抹茶

朝刊の折込広告は見ない。いつもそのまま抜いて処分。

今日に限ってミスタードーナツの抹茶フェアが目に入り
買いに行ってしまう…………。
抹茶もの以外にハニーディップまで
買ってしまう…………。

美味しいねえ！
太るねえ！（予知）
数日前には食いしん坊の友人と
「おっもい生地の、ドーナツプラントが好きだ！」
なんて言ってたのにねえ。

fri 2 8

黒い、細い、長い

作画中に煮詰まり
また、どう考えてもモテない服を
海外サイトでまとめ買い。
着ると、黒くて細くて長い。
不モテ一直線!

オシャレバカの同志達もさすがに
「あー、かっこいいカモ。
まぁ、自分は絶対選ばないけど」っていうでしょう。
ウフ!

sat 2 9

雪見で作業

朝起きたら雪がベランダに積もってて
しかも現在進行形で降り続いていて
テンション上がった！
（古い犬です……）
市内でここまで積もるとは！

大阪城公園に行って新雪を踏みたいところ
おとなしく我慢して原稿直し続行。
夕方のニュースでお城の雪景色を観て
『やっぱり行けばよかった！』と大後悔。

積雪は11年ぶりだそう。暖かいね、大阪湾岸。

fri 2 15

キリマキ③巻カバー見本！

デザイナーさんからのメールを確認。
グリーンを基調に仕立ててもらっています。すてき〜。
表4、見返しにはショーコを配置。
担当編集スケムネちゃんも
CMページや店頭ポップを考えたり
差し入れオヤツを手配したり大忙し。

とかいってないで、原稿直し作業を急がねば。
校閲さんから指摘されるオノレの誤字脱字に赤面！
ゥギャ…（気絶）

mon 2 18

冬のROSE GANG③

2月半ばを過ぎて、まだバラの植替えを終えていません。
大阪にしては珍しく寒い日が続いて雪まで積もって
怖気づいてた!
ごめん、バラ。
基本的に、遅くても1月中には終えていないと
株に負担がかかるという話。
飼い主が肩ゆわしてるので共倒れ、ということで。
(バラはまだ倒れてないよ!)

今日は大物、ピエール・ド・ロンサールの
植え替えと誘引。
根が鉢の底でめいっぱいギューギューとぐろ巻いてて
伸ばしてみたら2m以上。
すごいエネルギー!
鉢植えでもシュートは3m以上、
それだけ根もがんばってる。

今年は小さめに仕立ててみます。
仕上げはカイガラムシ対策の
マシンオイルのスプレーを株元に。
人間のほうは腰と腕がしびれてフラフラ、
お風呂お風呂!

参考画像：去年のピエール。

tue 2 19

黒い、細い、袖が長い

立春過ぎてレザーのジャケットを購入。
遅いよ！　おかげでお買い得だったよ！
再値下げ万歳！

数年ぶりのレザーは
肩も袖もますます身体に沿う細身デザインに変わってた。
今年の秋に向けての投資。ひとまず4月まで着る。粘る。

そして先週オーダーした物が次々到着するなか、
一番楽しみにしていたシャツが
輸送業者さんの倉庫で行方不明！
『ええええ！』ですよ。
それに合わせるつもりで買った、他の服どうすんだ！
スカートとインナーとワイドパンツと！　アハハハハ！

thu 2 28

冬のGUCCI

今年の冬は冷えます。
1月にはいったらさすがにロングブーツでも
ピンヒールだと長い散歩は無理。
ごつい靴に履き替えます。

こいつは5年位前に
心斎橋のリサイクルブティックで見つけて
『お、タイプ』
『新品だ!』
『けどサイズが大きいな』
『15000円!』
『まあ、いっか』
と、テキトー買いしたのですが（この心の揺れ!）
ウールの厚いソックスをはいたらちょうどよくて
結果的に愛用品。

冬になると必ず出してきます。
つま先にゆとりがあるので
絹の五本指靴下を履くこともできます。
雪の日にそんなことを思い出したので書いておきます。
GUCCIのビブラムソール、好きだ。

陶《とう》然《ぜん》庭《てい》のポイント茶

おサギ※と打ち合わせのとき、
北浜の陶然庭Ⓢをよく利用します。
先日もイラスト集の相談を飲茶しつつ延々と。
（相談しつつ飲茶が延々）

わたしが現在唯一持っているのが、
ここのポイントカード。
満期になるとお茶の葉と交換です。
4～5種類あって、今回は〝九十七年岩茶条〟という
なんとも渋いセンスのヴィンテージ茶葉。
キットカットみたいな形に固めてあります。面白い。

お茶の仕事をしている友人に尋ねたら
「ドライバーセットに入ってる、
先のとがったやつで砕くといいよ」
と、ガチなアドバイスを受けましてバキッと決行。
NO風情。
けど、もちろん美味しい。
陶然庭、シックなお店なんですよ。
その茶葉をこんな方法で。いいのか。

※小池書院担当氏、
『サードガール』の頃よりのお付き合い。

Ⓢp120「お店リスト」参照。

28–29

28日は徹夜で
migikata note更新やバックナンバーの
手入れをしておりました。
というのも、その夜、編集部はキリマキ③巻校了中。
わたくしも（西で勝手に）待機していたのですね。

担当スケムネちゃんから時々進捗状況メールがきて
『（西も勝手に）併走だ！』と気分が盛り上がります。
ねむい！　でも寝ない！　なにか書いて目を覚ませ！
（無理……）
朝方「あとはこちらに任せて、お休みください」と
連絡いただき、しあわせ気絶寝の2月29日、閏年。

今頃、印刷されて製本されてる？
カバー掛けられてる？　運ばれてる？
日本一、割り箸の似合う男、
マキオをよろしくお願いします。

mon 3

③ 消えるお洋服

少し前、行方不明になった白ブラウスのことを
書きました。
これはショップと配達業者さんのあいだで
補償が行われて完結。

で、今週は黒パンツと黒シャツが行方不明。
ばらばらにオーダーしたので、
まあ、到着もバラつくとは思ってましたが。
ジャケット（届かない黒パンツの上）と
春物スカート（届かない黒シャツの下）だけあっても！
あはははは！

70％ＯＦＦ商品は
お届け完遂率も70％ＯＦＦかもしれぬ。
問合せメールを送って御返事待ち。

3 fri 7

夜な夜な、ポキポキ

早起きを心がけていたのに、気が付けば夜型。
夜メール、夜読書、夜仕事、夜領収書整理、夜風呂。

今日はなんとか昼前起きで活動開始、
暖かい日中はベランダ作業！
が、つるバラ3鉢を誘引しただけで日が暮れた！
くっきり丸い、オレンジの夕日見えた！

3月にもなって誘引すると新芽をポキポキ折って
しまいます。
1新芽＝1開花、なわけで、本当に心が痛みます。
なんだかピエールのステムも短くしすぎちゃったしなー。
こんなにポキポキやっちゃうくらいなら
カットしなくてもよかったなー。

3 sun 9

ロキソニン、薬袋《やくたい》

確定申告の作業で頭と肩が痛くなったので久しぶりに
ロキソニン飲みました。
あー、効く。
効いてる間にお風呂でストレッチ、
鎮痛剤との付き合い方が上手くなってます。

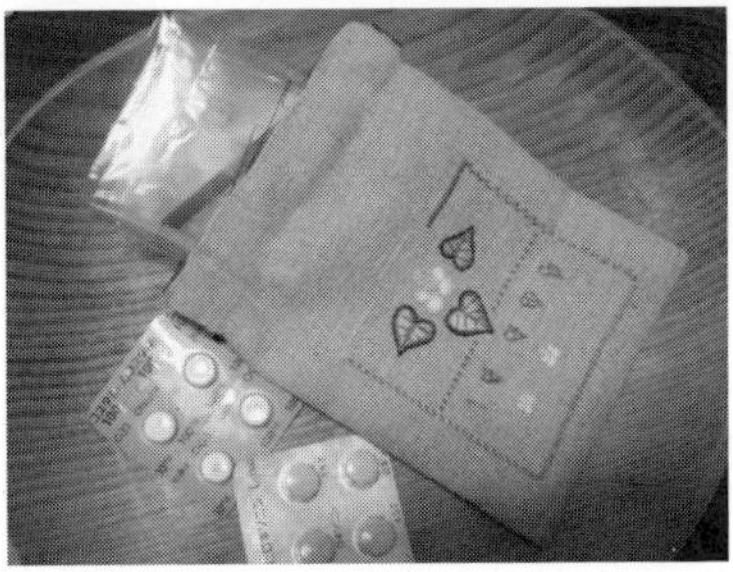

画像は友人サエの作ってくれた、薬袋。
お薬専用の麻の袋。
刺繍で〝薬〟の文字
(見えにくいかな)
ドクダミの花と葉っぱ。
バネで開閉。便利。
なんといっても持ってて嬉しい。
ロキソニン、甜茶《てんちゃ》のサプリメント、
パンラクミン、ハイチオールCをセットにして入れます。
あとは葛根湯、ウコンの力あたりを…ダサ…
でも効くよ……。

刺繍職人サエと師匠のこむぎさんのサイト、
『ハンドメイド工房・針と糸』
では薬袋の新作をアップ中!
梅やタンポポ、チューリップもあります。
http://haritoito.shop-
pro.jp/?mode=cate&cbid=49239&csid=0&sort=n
ワラクシ個人的にこの麻の薬袋がすごくヒット!
なので、たまには友人の応援などしてみます。
こむぎさんのニットもかわいいです。くー!
猫ポーチは樹猫が持ってます。ねこだもの……。
彼女が麻布に刺繍して、
母上がそれを袋に仕立てて、
まるで日本昔話か童話のようですが、
21世紀の今日、テチテチ製作中です。

現れたお洋服

よかった！　本当によかった！
黒シャツと黒パンツが届きましたよ！
どうやら税関で引っかかっていた模様。
あらためて見ると、やはり黒くて細くて長いです。
もう春だから、
うっとうしくないよう気をつけて着ますよ〜。

wed 3 12

花粉、大阪場所

今朝から今年の花粉アレルギー、スタート。
最後の大鉢、コンスタンススプライの誘引完了。
ランチに出たら散歩中のお相撲さんに遭遇する季節。

ミスノン※、工作

アシスタントKの悩みは
彼のミスノンを仕事中みんなが気軽に使うこと。
「あ、借りますよ」「貸してねー」「……（無言で）」
ほかにミスノンは何個もあるのに。
決まって彼のミスノンを。
なぜか必ず。

使いたいときに限って
必ず誰かが使っていて順番待ち…
という理不尽さに
『これはオレ〝専用〟だと主張しなくては！』
と、そこまではいいのだが、なにを思ってか、
よりによって〝赤ザク仕様〟に装甲。
しかしだれからもなんのツッコミもなく
相変わらず〝赤いソレ〟はみんなに気軽に
使われているという……。
どっとわらい。

わたしのミスノンはそんな彼の工作でユザワヤ仕様。
って、さすがに誰もシェンシェーのミスノンを
勝手に使いませんし！
って、こんなタグ付きじゃシェンシェー本人も
使いにくいですし！
下敷きはカバー見本、キリマキ③巻は明日店頭に。

※修正液の一種。本来は事務用品であるが、
昔から漫画家達の間で絶大な支持を得ている。

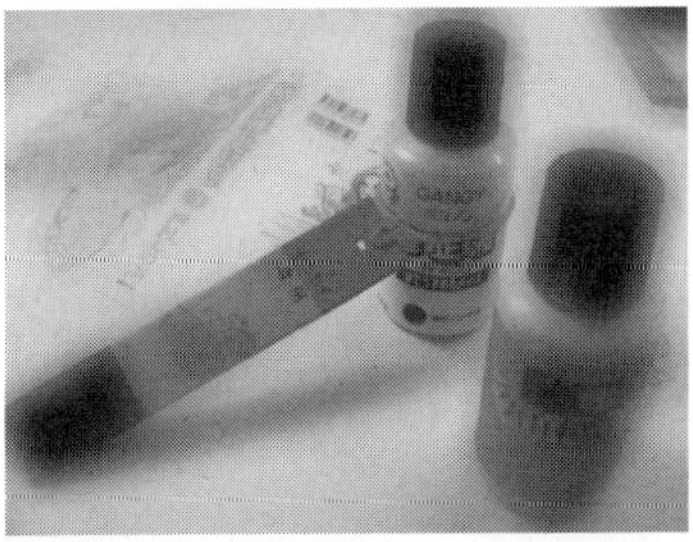

3 thu 13

樹猫、発売日に下北沢へ

半年遅れの『一緒に遭難したいひと』③巻発売の、
この良き日に！
樹猫は『Ｄ・Ｍ・Ｃ・』※の下北沢ロケに出動！
（エキストラ）女優デビューである！
公募に受かったらしい！　なにをするやら！

前日、夜遅くまで別館更新作業しながら
「明日のロケに備えて早く寝なきゃ！
楽しみニャリーンッ！」
女優は寝不足厳禁ですよ……。
「キリマキ③巻、ヴィレバンの袋で
現場に持って行くニャ！　ふりまわすニャ！」
どんな通行人や……。隠密営業ありがとう……。
クラウザーさんに会えたの？　それとも根岸君のほう？

★追記
根岸君だったそうです！

★★さらに追記
テトラポットメロンティーのみなさんを
観測したそうです！

★★★もいっちょ追記
お土産に記念品がふるまわれた模様です！

※マンガ『デトロイト・メタル・シティ』
２００８年に映画化された。

fri 3 21

ミスノン、工作②

あれだけつっこんでおきながら今さらなんですが！
赤いミスノンを前回から
ずっと借りパチしていたワラクシです！
トレース台の陰に隠れてました！
全く気付かず！
ひどい話だ！

『角がないよ、小隊長！』
と、ある筋から言われて現在こんな姿。
って、やっぱり使いにくいですし！
シェンシェー専用は改良型。

mon 3

24 スタバのＳＡＫＵＲＡ／ローソンのリラ

スタバのＳＡＫＵＲＡタンブラーの記事を見つけ、
『あー、飲み口もピンクだ。これなら欲しい～』って
2月配布のパークスのフリーペーパーに
3月上旬を過ぎて気付いても……。
既に店頭にはＳＡＫＵＲＡグラスが数個残るだけ。
こんなときはヤフオク。
サッサと検索して購入。
もちろん、この時期、中味は甜茶。
バラの手入れのお供。

リラックマのマグは夫が地道にシールを集めて
手に入れました。
思ったよりデカくて３００ml入ります。
こっちは仕事中に番茶を。

tue 3 25
薄っぺらカイロ

抜釘の傷が落ち着いてからずっと、
右肩の背中側にカイロを貼っています。
桐灰の薄型で少し安いタイプ、
ヘボいウサギのビミョ・イラストに癒されます。
なぜか10個入りが１５０円で、３０個入りが４８０円。
毎月10個入りを3個買います。
どういう値付けなんだか。いいけど。

sun 3 30
抹茶マニアのかたに

なんばＭＵＪＩカフェに抹茶スコーン登場！
小豆入り！
ドンと大きめ（１００ｇ）、美味しく焼けてます。
うまー。

31 春のROSE GANG

新芽すくすく。毎日ガン見。
そろそろ鉢土の中の根も落ち着いた頃だろうと、
まずはＩＢ肥料を。
白くて丸い粒の肥料で、豆菓子みたい。
4月に入ったらバイオゴールドという肥料を与えます。

ラ・レーヌ・ビクトリアにブラインド多発でがっくり。
説明しよう！　ブラインドとは！
蕾のつかない枝である！　葉っぱだけである！
ハズレである！

出開き(これもハズレ)、壁に激突しそうな芽、
下向きの芽は折り取ります。
小さくて黒いハチが葉っぱの軸に
産卵してるのを見つけたら
気合一発、エイヤ！
とゴム手袋ではさみうちでつぶしたりもします。

(あー、いつの間にかそんなこともできるように)
(そのハチ、産卵中は動かないのです)
(そんなこと知りたくないですか、そうですか)
(ゴム手取りに行ってる間にだいたい逃げられますが)
(けど、やっぱり青虫はつぶせなくて
葉っぱごとちぎって捨てますが)

木酢スプレーも月1するかしないくらい。
株自体がしっかり大きくなって、
以前ほど手間かけなくなってます。
バラは頑丈に、飼い主は大雑把になる5年目の春。

wed 4

2

なにかと理由をつけて陶然庭へ

縁あってフェリシモのお仕事を友人の漫画家へ紹介。
たまにそんなこともするワラクシです。
この日は堺筋本町のオフィスで初顔合わせ、
わたしは自宅でそわそわキトキト。
経過を知りたくて、北浜の陶然庭で合流してお茶。

ご縁は無事成立したようです。
良いことをしたあとのお茶は倍美味い！

fri 4

4 食べ過ぎでしょ

えー、お祝いや前夜祭や打ち合わせやなんやかや。

アウトバック・グリルⓈでオーストラリア・ビーフをドン！
ミディアムを頼んだのに、
中まで均一に茶色く焼かれたフィレがきて
『えええええ！　…こんなんウェルダンでしょ
…うーん…』とガッカリしつつも
同席者がいたので無理してにこやかに食べてたら
陽気なスタッフが笑顔で朗らかに
（オージースタイル？）
「焼き加減はいかがですか〜っ!?」って。
「ん！　焼きすぎかな！」と即答すると
彼女は一瞬無表情になったあと（正直者ですね）
早急に新しいお肉を焼き直してくれました。
専門店ではお願いしてみるものですね、ありがとう。
赤身をしっかりもぐもぐ食べてダイエッターも満足。
本当に心の底から嬉しかったですよ。
合わせて1・5人前食べてることはスルーの方向で。

次は北京ダック。
予約してイソイソ出かけ、
食前酒飲みつつウキウキ待っていると
仲居さんが戻ってきて
「申し訳ございません、本日ダックは完売で」と。
そんなあ！　メインが！　予約したのに！
「じゃあ今日はやめます、また明日！」と即退却！
他の料理はついでなのだ！（そんなにも北京ダック）
翌日はちゃんとカリカリの美味しいダックが
用意されました。
基本的に1羽から取るのは20切れ、
と決まっているそうですが
（ピンやパオ、付け合せの都合があるので）
限界まで削いでもらい完食。くいしんぼです。フフ。

さらに食道園チケット15000円分が手元に。
使用期限が月末！　急げ！
ユーミも誘って名物〝華網カルビ〟をひとり1枚
食べるのニャ！
1枚目は仲居さんに焼いてもらったら焼き方イマイチ、
2枚目は夫に焼いてもらいました。
限りなくレアに近いミディアム、でも火は通して、
と言いたい放題。
こういうことは身近な人間に頼んだほうがいいですね。
どうもうまく目標物にありつけないことが続くなー。

明けて4月、
藤臣さんを励ますランチ、大丸屋上の吉兆へ。
みっちり豪勢な松花堂弁当に、
さらに和牛炭焼きを単品で追加。
アウトバック・グリルで赤身のフィレを食べて
『しつこくなくて美味しいよー』とかゆーてましたが
アレ錯覚だった!?　ってくらい、
上等な霜降り和牛うまい……。
和牛万歳、ありがとう。

そんなこんなで、
しのぶの春休みは接待で明け暮れました。
大枚はたいた！　がんばった！　お顔テカテカ！

Ⓢp120「お店リスト」参照。

mon 4

7 満開の桜独占、に挑戦

『大阪城西の丸庭園の、満開の桜を！
心ゆくまで、静かに!!
持参のお茶など飲みながら見つめたい！』
まぁ、そんなことを常々夢想していましたが
基本的に不可能です。
宴会一等地、混雑しているのが当たり前です。

さて、今日は朝から大雨だったんですよ！
絶対宴会やってない！　チャンス到来！
雪の日の後悔を思い出して『今回こそ』と決行！

古くなったカンペールで水溜りも気兼ねなく歩きまくる。
人影はぽつりぽつり、ひんやりして静かで雨の音だけ。
日が暮れてからは照明が灯って
雨のしずくがきらめくのでますます美しい。
寒くて途中から肩が痛くなったけど、
欲張って庭内ウロウロ。

次にいつこんな花見の機会があるだろうかと思うと
強欲になります。
結果、全然心静かじゃない花見になっているのは
スルーの方向で！

tue 4

22 思い出し買い、3件

南堀江ゆる系の家具屋さんで
数ヶ月前に見た椅子を買う。
古着屋さんで5年かそのくらい前の
MIUMIUのバッグ買う。
明石・鍵庄《かぎしょう》Ⓢさんの海苔まとめ買い、
これは新海苔買い逃したから。
先月の明石海峡タンカー事故で海苔のバイヤーさんも
あせっているそうな……。

Ⓢp120「お店リスト」参照。

fri 4

25 ちょっと報告

コマイ内職してたらもう月末!? キャー!!
『ライン』④巻の準備も中断しがち、
落ち着いて一件一件片しましょう。
気ばかりあせっているところへ
ナーオから④巻の恒例読者プレゼント画像が
送られてきて元気でた。すてき。楽しみだなー。

『ライン』③巻刊行時の読者プレゼントは
キューブのシルバー・ブレスでしたね。
私には金メッキ・バージョンを贈ってくれました。
もちろんマンガの画と違い、
実物はキラキラですごくステキ。

が、そのブレスは後日悲しくて
ヘボい結末を迎えます。
④巻のあとがきに描きます。
ナーオ、愉快で非情な彫金師。

mon 4

28 男と髭、Ａｍａｚｏｎリコメンド！

クールポコ『ＴＨＥ　男』と
髭男爵『ルネッサンス』を購入。
クリックするまでに少し悩みました。
Ａｍａｚｏｎでそんなタイトル買った日にゃ、
今後のリコメンドが懸念されます。

で、まあハラヘリだったので、
てれてれ近所のオーガニック・カフェへ。
そこで大黒堂ミロママ※に遭遇。
『おおぅ！　髭の乙女現る！』
Ａｍａｚｏｎの仕事っぷりに心中大爆笑……。

※関西ゲイ界の重鎮。長身、美形、乙女。

sat 5 3

自転車フェアトレード

一昨年の秋に買ったクロスバイクを
若くて貧乏でオシャレなカップルに譲渡。
彼ら、車を手放したばかりですって。
散歩や通勤にガシガシ乗ってくれたらいいなー。

「これ、御礼です」と
（彼の）手製かぼちゃプリン（絶品！）
（激戦区・西宮で働くパティシエ）と
（彼女が）イカリスーパーで買ったかぼちゃ（日本南瓜）
（半個で４６８円！）を置いていった。

誠意ってなにかね……。
いや、実際なんともすてきな
物々交換が成立したわけで……。
ニヤニヤ笑いが
止まらないわけで……。

下山手ドレス別館、引越

樹猫がひとりでせっせと荷物梱包作業を！
ありがとう！
『下山手ドレス別館』
ついに〝.com〟が付きました。
キャ。

http://shimoyamate-dress.com/

sun 5

4 有田、福《ふく》泉《せん》窯《がま》へ

下山手ドレス別館引越し祝い
〝おいろけくま小皿〟、
趣味の小皿・蕎麦猪口集めを反映させて
読者プレゼントに〝そんなもん〟を
こしらえることにしました。

友人のつてで窯元さんから
『ご自分で絵付けをいかが?』
のお誘いをいただいたのです。
一路、陶器市で賑わう有田へ。

mon 5

5 有田、福泉窯にて

お皿は小さい足が3個ちょこんと
付いている形を選びました。
いくつか見立てていただいて、
それがかわいかったのです。
おいろけくまとバラ図案のヘボい構図も
元の形がいいので素材が助けてくれるでしょう！

鉛筆で下書き、面相筆で絵を描いていきます。
これが楽しい！
線を引くのは難しいけどすごく楽しい！
筆には慣れてるつもりでしたが、
素焼きは水分を吸うのでひっかかって
作業が進みません。
当たり前だよ！　分業制のプロのお仕事だよ！

10枚ほど仕上げて切り上げ、
工房を拝見させていただく。
そして気付く……この窯元さんは
高級品の絵付け専門であることに！
こんな名門窯で
アタイのヘボ絵皿を焼いてもらうなんて！
むだに豪勢なダブルネーム！
虎の威を借る兎、しのぶ。つづく。

fri 5 9

有田、福泉窯では

『本日、おいろけくま小皿も本窯入り』
と連絡をいただいた。
（釉《うわぐすり》をかけて焼く、という最終段階と思われます）
焼き上がるとひとまわり小さくなって絵が締まります。
マンガ原稿と一緒ですね。
（雑誌には縮小されて印刷されます）
明日、土曜には窯上がり予定。
そわそわそわり……。

今までシルバー・チャームや携帯ストラップや
タオルに判子、と
さまざまな〝おいろけくまグッズ〟を作ってきました。
今回ついに焼き物。しかも小皿。
お中元・お歳暮・引き出物の迷惑アイテムの定番、
じゃないかと？

ふと、コレ欲しいひと、ちゃんといるのかなと不安に。
……アクセサリー・トレイにいいですよ？
……確かな素材と確かな技術、
品物はハイ・クオリティですよ？

福泉窯はこちら
http://www.fukusengama.co.jp/

sun 5 11 有田、福泉窯より

麗子専務から携帯に速報画像をいただきました。
おいろけくま小皿、窯から出ました！
現在粛々と冷まされていますよ！

★追記
協力者の出現によりかわいいサイズの画像入手！

mon 5 12 春のROSE GANG②

有田・博多から戻ったら乙女薔薇園満開。
また今年も留守中にパカパカ咲いた……。
今週はラ・レーヌ・ビクトリア、粉粧楼、
ピエール・ド・ロンサールがほぼ終了、
ヘリテージ、スピリット・オブ・フリーダムあたりが
満開に。
『肩痛い〜、寒い〜』と時期はずれに
グズグズ土替えしましたが
元気に咲いていてこんもりふわふわ、コンクリートの
屋上ベランダにも良い香り。

さて、お仕事は引き続き
ライン④巻の
原稿メンテナンス。急げ。

5 / 13 tue

有田、福泉窯から

おいろけくま小皿到着！
か…か…かわいいです。
血圧上がりました！

ひとつずつ丁寧に包まれて白い化粧箱に入っていますよ。
器の形自体がすてきだから、倍かわいい。
じつは、飾りの細い線を工房のスタッフのかたに助けてもらっています。
（私が自分で描いたのは太い……ひー！）
きれいな仕上がり、御礼申し上げます。

おいろけくま小皿、応募先

協力『あみだ企画』さん。楽しくまいりましょう。

●エントリーはこちら
〝あみだＢＢＳ特別企画・陶器まつり※〟
http://8102.teacup.com/amida/bbs
『普段お使いのマグカップや湯呑みの携帯画像をこの掲示板に投稿して下さい。うっとりさせるもよし、ネタに走るもよし』
お誘いあわせの上、ふるってエントリーくださいませ。

※現在は終了しています。

sun 5 18

春のOLIVE GANG

オリーブのミッション、満開。
朝、窓を開けると良い香りがします。
小さい、白い、かわいい花がワシワシ！
3年目でベランダ環境に慣れたのか、
今年は花付きがいいです。
ミツバチもよく来ます。モテてる。うひょ。
実付きにも期待がかかります。

ところが、ですね！
もう一本のオリーブ、授粉木の
ネバディロ・ブロンコのほうがですね！
なかなか咲かないわけですよ！
それじゃ困るんですよ！
パートナーがお待ちですよ！

そうこうするうちにミッションの盛りが過ぎ、
花が落ち始めました。
ベランダの床や隣りのコンスタンスにも
はらはら降り積もります……。
パンダの縁組を見守る飼育員さんってこんな気持ち？

やっとネバディロ・ブロンコが開花したと
喜んだのもつかの間、
空がどんどんネズミ色に。
雨だと授粉がうまくいかないと聞くので
『ネバディロは鉢ごと持てるから今のうちに
室内に取り込むか？』
『ミッションは樹高3m、ここはひとつ、
大き目のゴミ袋をかぶせて花を保護か？』
『いや、既にこの時期だと、ゴミ袋をかぶせるのは
ネバディロだけでいいのか？』

しばし思案に暮れたものの
『おまえさんの本業はマンガじゃ！』
という内なるツッコミが聞こえて
仕事机に戻りました。
その後は豪雨。ノゥ……。
趣味のオリーブ栽培家、終了。

fri 5

23 春のROSE GANG③

開花は毎年5月の連休あたりから始まります。
原稿の〆切は月末が多く、
アシストさんが入る頃にはたいてい花は終わっています。

今回『ライン』④巻の直し作業を連休明けから決行、
初めてみんなに〝咲いているバラ〟を見てもらいました。
乙女薔薇園は休憩所でもあり喫煙所でもあるのだ！
（冬は人間にはちと厳しい環境）

今日は全ての鉢をばっつり散髪！　また来年！
満開を過ぎたあたりから固形肥料をポイポイ投下、
散髪後の仕上げは稲藁堆肥をトングで
鉢の表面にパラパラ配給。

スピリット・オブ・フリーダム（長いので自由子と
呼んでます）は花びらの枚数がかなり多くて
関西の気温と湿度では完全に開ききらないのですが
ここ数日、雨で涼しかったため
八部咲きまでがんばりました。
最後の5本くらいは
それは見事な大きな花がふんわり。

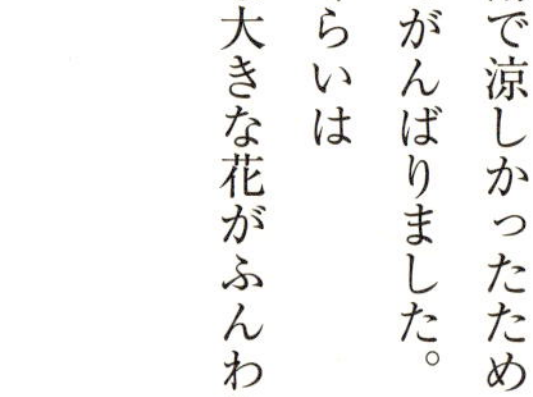

wed 5

28 初夏のOLIVE GANG②

ひたすら机に向かってたら、
いつのまにか小さい実が膨らみ始めてる！
良かったー！
漠然と水遣りしてて
根元しか見てなかった。
まだ直径３ｍｍ程度。
これから毎朝、
上のほうも見つめます。

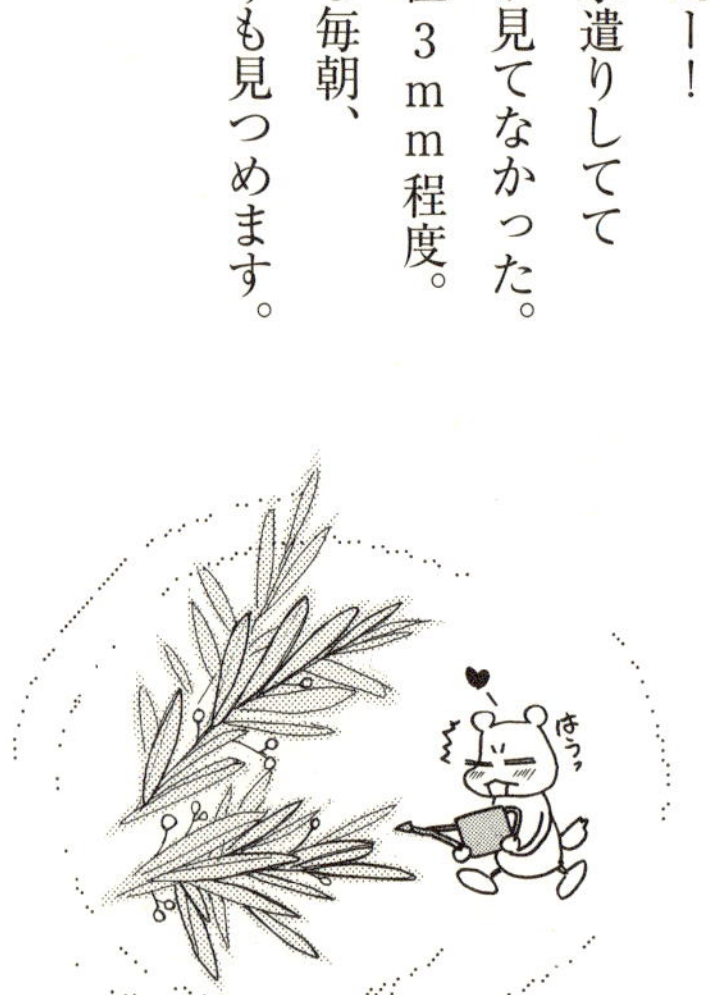

6 7 sat おいろけ陶器まつり始末記

どなたに当たるかな?
本日おいろけくま小皿抽選公開アミダ決行!
……の模様はこちら。
●『あみだ企画ＢＢＳ』
http://8102.teacup.com/amida/bbs
現在、管理人さんが粛々と線を引いているそうです。
面白くて泣ける!

6 8 sun 初夏のOLIVE GANG③

ぽつぽつ実が膨らんできました。オリーブらしい形に。
かわい……。

株元に肥料を置こうとして2㎝くらいの
小さいミミズ発見。飛びのいた!
えーとですね、鉢土では土の量に限界がありますのでね、
割り箸でつまんで裏庭へポイっとですね、
出てってもらいました。
雨上がりに這い出すミミズたちについて
友人としばし推察。
新天地を求めて? 異性を求めて?

★追記
酸素を求めて、二酸化炭素を嫌って、などもあるそうな。
★★追記
ただいまオリーブの実はグミくらいの大きさに!
★★★追記
後日、このミミズが鉢植の天敵と判明!! どうなる!?

fri 6 13

『ライン』④巻店頭に

ひとつ、よしなに！
ピンクのカバーが目印、ちょっと邦彦の髪が短めです。

アシちゃんがバイトしてる本屋さんへ
〝新刊よろしくポップ〟を描きました。
どうもワラクシの本はあまり置いてない界隈で
しかし売り場担当のかたが
「じゃあ、せっかくだから」と
（なんと！）
『一緒に遭難したいひと』や『ライン』を
注文してくださったの。
ところが在庫が不足していた時期で何度発注しても
なかなか納品されない……。
やっと来たと思ったら、②巻と③巻だけ…って！
うわー！　なにその半端巻数！

それを聞いて大笑いしたけど笑い事じゃないですね！
現在は既刊全て揃っています。
せめて手描きメッセージで売り場を応援。

ハッキリ言おう！
売れ残ったらゴメンネッ！　売り場担当さん!!

wed 6 18

おいろけくま小皿、その後

友人に送るぶんの発送をやっと今頃しております。

なんとはなくナーオ宛の箱を開けて
『マジックで〝ハズレ〟か〝B級品〟とでも書いたろ…』
と、中のお皿を確認。
それがなんと！
一枚だけ念入りに描いた、花唐草《はなからくさ》仕上げ！
非情な彫金師に的中！　ははは！
誰からも『ちょっと違う柄だね』と報告が無いので
『気付いてないのかな?』『まだ出てないのかな?』と
ずっと気になってました。

花唐草、大好き！（蛸唐草《たこからくさ》、苦手……）
そっか、ナーオのところへ行きましたか。
これもご縁ということで。

fri 6

20 鳳梨酥《オンライソー》は天下の回り物

台湾のお土産の定番、
鳳梨酥（パイナップルケーキ）
美味しいですな。
金色の紙で包装された、
真四角で、ずっしり立派なのも、
軽く包まれたサクサクのも美味しいですな。

ふと食べたくなってご近所を探したけれどうまく
見つけられず（神戸では南京街で売っておりました）
ネットで買おうかどうしようかと思案してたら
たまたまメールした東京の友人から返信で
『ちょうど今食べてる。残りあげるわ！』と。
やった！　いってみるもんだ！
今、ですって！
残り、ですって！
翌日、鳳梨酥６個（中国茶のティーバッグも同封！）
到着、
ご満悦のお三時。

結局もっと食べたくなって京都のネットショップへ
鳳梨酥発注、そうしたらまあ、
届いたのは友人が送ってくれたのと同じ商品でした。
この世に鳳梨酥はこれ一種類しかないのか！
と膝ついた。欲張りはいけません……。

しかし、気になってた台湾のネットショップへ
さらに金色の包みの鳳梨酥発注。
わたしは基本的に
食べ物のお取り寄せはしないんですけどね、
これは調査です、はい。
届いたら東京の友人へおすそ分け予定。
こうやってオカーチャン便は繰り返されるのです。

★追記
この後、我慢できなくて台湾へ買出しに。
出来たてはしっとりほっくり、
美味しすぎ。
すごい高カロリーなのです。
そりゃおいしいわ!!

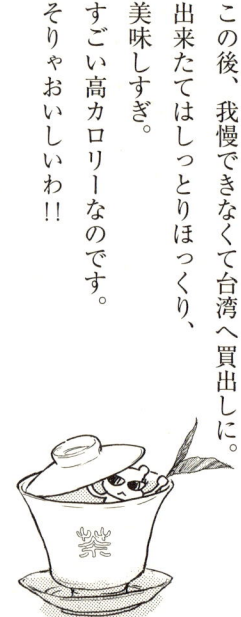

重いものほどネットで買うわけですが

先月、ネットで探しておっきな本棚を買ったのです。
我が家はエレベーターがないマンションの5F。
必死で玄関まで運んでくれた、
汗だくの運送屋さんのオニーチャン、開口一番
「うちは本来エレベーターのないところは
配送やってないんですよ!」
「次からは(配送を)やりませんから!」
息切らして苦情を。
まぁ、実際、キツイ作業だったと思います。

それでも既に5Fに運び終えてるわけですから
『ホントそうですよねぇ~、ありがとうございました~、
すみません~』と
千円札を2枚そっと包んで手打ち、
というところでございます。
……わたしが受取に立ち会っていれば。
……出かけてたんです。
……夫が受取りをしたのです。

売り言葉に買い言葉というのか、文句言われた夫は
「ああ、わかった!
二度とアンタのところへは頼まん!」

私が帰宅すると
「送料払ってるのに、どういうこっちゃ!」と
彼はエライ憤慨しておりまして。
「塩まけ! 二度とそこで物を頼むな!」と。

えー。
実はもう1個、同じ本棚を追加発注済みなんだけど。
ごめん、心の中で笑ってしまった。

★追記
今週2個目の本棚も無事配達されました。
NO苦情。
別のひとだったのかな、
ありがとうございました。

mon 6 23 レイアウト工事②

実はｍｉｇｉｋａｔａの前に
『新装版・サードガール』の
カバーイラスト進行メモ・ブログを
半年間テチテチつけてて
それをサックリ全削除しちゃった、エヘ♪
……という過去あり。

『おサギと陶然庭、打ち合わせでも
マイ・スタンプカードにハンコもらう蛮行』
『おサギと打ち合わせ、飲茶５人前平らげ
スタンプカード満タンの蛮行』
『店頭ポップをシックな店内で書く蛮行』
『②巻カバー、ボツ。ひー。バチ当たった』
（ケータイからＰＣに転送していたために
発掘されたハギレ数片）
……たいしたこと書いてないですな！

tue 6 24 あのパン屋さんは〃ｋａｏｐａｎ〃

今月の『ライン』でハナがおつかい頼まれた
お店のモデル。
お近くのかたならもちろん見てわかったと思います。
●ｋａｏｐａｎⓢのサイトはこちら
http://www.kaopan.jp/index.html
西宮の友人がぼんやり掲載号のＫｉｓｓ読んでて
「これ、友だちのカオリちゃんのパン屋だ〜！」って
メールくれたのです。
なんとなんと！　そうなの!?　知らなかった！
キャッ！

芦屋川界隈の素敵なお店スナップ１６０枚から
雰囲気のよい画像を選んだところ的中してました。
こちらで勝手に使わせてもらったのだけど
オーナーでありパン職人でもある香里さんから
「マンガのモデルになって嬉しい～♥」との
伝言頂戴してます。

さっそく、友人のさらにお友だちがこのご縁を寿ぎ、
ｋａｏｐａｎの6月のパンを差し入れしてくれました。
ワタクシ的にはもちろん
全粒粉クロワッサンが一押しですが
写真を撮る前に食べてしまったので写ってまへん。
フォカッチャも届いてすぐ食べちゃったので
写ってまへん。
写ってないだけならともかく、木皿の上の
じゃがいもパンとスパイスパンはかじってる途中、
しかも種類を見失わないように
マジック使って自分で一個一個名前を書いてる始末。
基本的にｍｉｇｉｋａｔａにオシャレ画像はない……。

6月の天然酵母は甘夏で育てたそうですよ。面白いなー。
早い時間に売り切れることもあるそうですが、
案外大丈夫な日もある。
パン好き・小麦中毒のかたはぜひ。
しっかりもぐもぐと食べるパン、美味しいです。

Ⓢｐ１２０「お店リスト」参照。

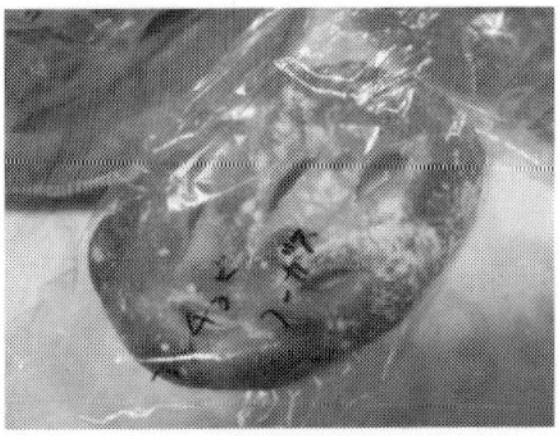

fri 6 27

玄米、下山手ドレス予告

阿倍野を自転車で通ったときに気になってたお店、
『米ディナンバー1』Ⓢでお昼を頼んでみた。
焼き魚弁当、3人前。お米、美味しく炊けてたー。
紙のお弁当ケースで後片付けも楽。
原稿しながらアシさんと食べた。
また頼もうね。イベントね。

今月のフィーヤン『下山手ドレス』は
有田旅日記2本立て。
わらくし、福泉窯で呑気にお皿に
おいろけくま絵付けなどしながら
その実、ある地元の作家さんの器を
〝陶器市〟で見つけようと燃えていて……!!
(予告、下手や!)

Ⓢp120「お店リスト」参照。

6 sat 28

梅雨のOLIVE GANG④

小雨の中、オリーブの花がら摘みをやってみる。
大きくなりそうな実を助けるため、
木を疲れさせないため、らしい。
脚立に乗って剪定ハサミでチョキチョキ落としまくった。
盆栽ならともかく、３ｍ近い木を相手になにをするやら。

『おまえさんの仕事はマンガじゃ！』と
再びのツッコミが聞こえましたが、
ついつい熱中してしまった。
『ＲＵＳＨ』④巻、カラー原稿のラフ作りの合間、
ひとやすみ。

thu 7 3

RUSH④、犬

この巻は百合とアキミツのバストアップで、
とラフを作って
『んー？　なにか引っかかるなー、なんだろう？』
と思いつつ
そのまま担当・萬《よろず》さんへＦＡＸ。
翌日になって『あ、犬を忘れてるよ！』って
急いで直した。
ふー、危なかった。完成原稿は新幹線で東京へ。

さて、お向かいさん宅に仔柴犬がいます。
歯が生えかけて痒いらしい。
マンションの玄関で会うと
私のサンダルを狙ってきますが
飼い主さんにデコをコツンとやられて我慢我慢。
カフカフカフ！　カチカチカチ！
と空気を噛んでいます。耐えています。

★追記
柴犬を飼っていた友人より『それはエア甘噛み』と！
ギャハハ！

sat 7 5

クリスタル・スカルもいいけどさ

『スピードレーサー』を観た後、
劇場の通路にある
『インディ・ジョーンズ』のガシャポンにトライ。
が、中でカプセルが引っかかってレバーが回らない。
スタッフさんを呼ぶと、バコッと機械を開けて
「どれでも欲しいのをどうぞ」って！　ウォー！
狙ってた〝聖杯〟を見つけ出してウォー！
やったー！　ウォー！
夫が「そんなに長生きしたいんか」といった。
おかしかった。

追記：ヌルハチの壷でもいいけどさ

「サンカラストーンもいいなー」とつぶやいたら
夫が「3個ないと効かへんで」といった。
おもろいやんけ……。

mon 7

7 サーフィン兎

因幡の白兎に思いを馳せる……。

〝山口洋一工房×Ｋａｒｌ　Ｈｅｌｍｕｔ〟の
波乗り兎カップ。
やや、おなかがほっくりした兎。
同じ柄の手ぬぐいとセットです。
ワラクシ、山口さんの器が好きで！
しかも兎柄！
買いますとも！
同じ柄のアロハシャツも展開していて、
友人はそちらを購入。

●『山口洋一工房』はこちら
http://www2.saganet.ne.jp/yykobo/

wed 7 9

サーフィン兎②

波乗り兎のカップは好評で、追加生産がある模様です。
よかった〜。
ｍｉｇｉｋａｔａで紹介したものの、
その時点では完売でした。
アンテナに引っ掛かってらしたかたは
続報をお待ちください。
わたしももう一個欲しかったんだ〜。
『めでたし、めでたし』（山口氏・談）

sat 7 12

『コブラ』全⑫巻到着

雑誌掲載時のカラーページが再現されているシリーズ。
マンガの大人買いはエキサイトしますね！
コブラ、結婚して！

thu 7

17 RUSH、メンテナンス

切り貼り、どこでカットするかセンスが問われますな。
エへ。たまに失敗します。

連日てちてち原稿お直ししています。
6月下旬からなんだかんだと④巻にかかりきり。
直し作業は楽しいなー。
編集部のほうでは『一刻も早く原稿提出を！』
という状態なので
数本ずつ新幹線便で発送します。

暑い中、バイク便のライダーさんを
待機させてしまうこともしばしば。
「ギリギリまで待てます、まだ大丈夫ですから」
と励まされる始末。
結婚するならこういうひとと……。
（先方、迷惑やから！）

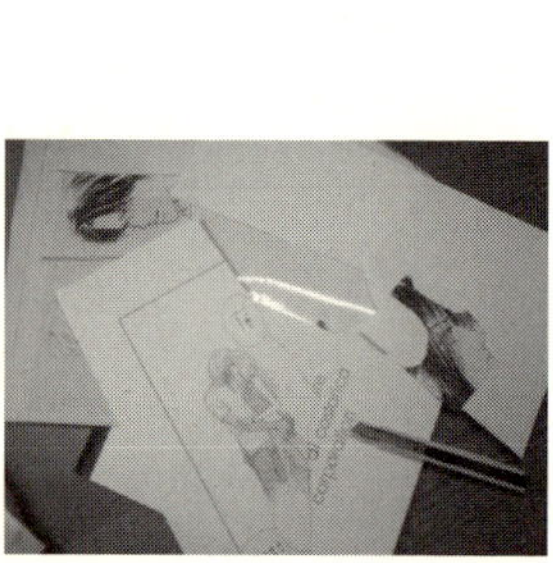

sun 7 20

ニール・バレット、デューク

炎天下、黒くて細い服で外出。
服の内側に空気ほとんど通らず死にかけた……。
オシャレは我慢、が、限度ある。
二度としないと誓います。
だってだってヅカ鑑賞だったんですもの！
ニール・バレット着たかったんですもの！

ステージで一年分のタキシード観て、お腹いっぱい。

その後、件のタキシードを肴にお酒。
一仕事終えた後はたまらん！

と、デューク更家師匠と健康的なお色気美女達が
はす向かいの席に！
テーブルのテンション上がった。ギャー。
師はくだけた麻のジャケットさらり、ノースリーブの
トップスさらり、アクセじゃらじゃら。
チラ見しながら飲んだですよ。
真似したい着こなしだったですよ。

tue 7

22

マンション外装塗装工事スタート

朝8時半から足場鉄骨組み上げ開始。
3日かけてマンションを囲み保護スクリーンを張ります。
管理会社の予定表によると作業は半月かけて進む計画。

えらい工事の音と職人さんたちの出入りで
落ち着かないので外でネーム。
真夏に、マンション最上階の部屋が、
窓開けられない状態で2週間、とな。
月末のフィーヤン〆切とバッチリ重なってます。
ぐにゃ。

7 thu 31

鎖骨一周年

去年の今日、鎖骨はずれたんでした。
あー、驚いた。
最近はちゃんと肩にチカラが入って太い線も引けます。

今まで肩こりって
首筋から肩にかけて起きると思ってましたが
場所でいうと肩甲骨ですね、とドクターから聞きました。
そうなんだ！　肩甲骨も大切に！　身体感覚も大切に！

一周年記念日はフィーヤンの原稿を
編集さんに渡して終了。そのまま気絶。
『ＲＵＳＨ』ｓｃｅｎｅ・27は④巻の続きでございます。
8／8発売の9月号で！

sat 8

2『RUSH』④巻、見本が届きました

箱を開封して愕然！
帯にシェルティが隠れちゃってます！　ひー！　不覚！
帯外してくださいね、すぐにね、
犬に呼吸をさせてやってね。
それにしてもラフ描いた時点で気付けって……。

掲載時からけっこう時間がたつので、
セリフも絵もガシガシ直しています。
減ページ分の2枚を描き足して、
他にもいくつか気になってた箇所を変えて
流れがよくなったかな。
眉やメイクのトレンドも変わるので補正。

そして、そこまで直しまくると
新たにホワイトミスやトーン落ちが
起きるのでした〜。
今回も直したつもりが直っていなくて
二次災害起こしてる箇所が〜。
あーあーあー……。

炎天下のOLIVE　GANG

マンション塗装も大詰め。
窓という窓を半透明養生シートで覆われて
乙女薔薇園にもバルコニーにも出られません。
鉢植えたちの様子もわからない。
カッターでそうっとシートを10㎝ほど切ってのぞいたら
オリーブの実がしわしわに！　ああーーー！
どうやら壁の塗料の表面は乾いている様子、
シートを上から下まで裂いてバルコニーに出ました。
はっはっは。マジシャンか。水遣り決行。

職人のオニーチャン達、
デカイ鉢植えもシートで包んでくれてました。
ありがとう、バルコニーの手すり乗り越えて
ガンガン入ってくるロミオ達！

8 sun ③ Kiss、図書カード

当選されたかたはコレでRUSH④巻を
買ってくださると嬉しいなー。
レジで『自転車操業……』と思われるのもまた一興。

静かな『スカイ・クロラ』

仕事明け、眠っても眠ってもクタクタで
でも神経はまだトゲトゲした状態のまま
観に出かけたところ、
静謐な作品で、心が休まったのでした。
一緒に行ったユーミも
うつらうつらするくらいの和みよう。
『攻殻2・0』も上映中、
レイトショーとレディース・デーを利用して
パークスシネマにやたら通うふたり。

職業婦人の夏休みは
劇場とカフェ・チリンで夕涼みが定番コース。

★追記
漫画家藤臣さんと
台北、猫空《マオコン》でお茶しながら
『スカイ・クロラ』トーク。
「谷原章介がさあ!!」
「いい仕事してましたよね!!」
この二言で満腹!!

8 tue 5

炎天下のROSE GANG

鉄筋部分の塗装終了。
錆と埃がバラの葉に降り積もる。
ノズルをスプレーにセットして株全体の水洗いを決行。
さらに夜中に雷雨。さっぱりしたね。
あと少し、耐えてもらいましょう。
次は防水工事があります。
大変面倒な作業になると思う。職人さんが。

8 wed 6

カラー、トビララフ

劇画村塾で初めて課題の
鉛筆書きラフ7ページ提出したときから
『これをペンで描けたらたいしたものだが……』
と評判でした。
デビュー前にダメ評判。うわぁ。

たくさんの新人作家さんの生原稿を見てきたと思われる、
『メディックス』担当時の編集・堀さんに
「意外と西村さんて原稿汚いよね～」
といわれ凹んだことも。
今も設計図の段階が一番いいかもしれません。
精進します。

mon 8

11 マンション外装塗装工事は続く

次は屋上やバルコニーの防水工事。
前日の下準備で
エアコン室外機も鉢植えたちも
専用の小道具で底上げされ、宙吊りみたいに。
（『どうやって塗装するんだろう?』と
ずっと疑問でした。スッキリ）

さて当日。
昼ごろ起きると既にゴム状のコーティング剤が
床一面に塗られていて
テッカテカのツッヤツヤ……って乾くのいつ!?
今度こそ完全に外に出られません。
バラもオリーブも最大のピンチ!
枯れる!　ここまで健闘したけど今度こそ干からびる!

……と覚悟してたら
まぁ、翌々日には職人さんたちが再びベランダへ
出入りをはじめたので
『溶剤、乾いたナ』とみなして水遣りしました。
バラのシュートは先端がちょっと枯れた。
オリーブの実は元気一杯、むくむく成長続行。

コーティングされたベランダの床表面を
鉢から流れ出た水がツルツル滑って排水溝へ。
すごい水はけ!　防水万歳!

mon 8

18 現場薔薇園

半月にわたる塗装工事期間中、
乙女薔薇園は職人さんの基地でした。
ウッドチェアには軍手が束で……。
休憩時間にはお弁当を食べ
ケータイをチェックし昼寝する
若い衆がゴロゴロ……。

sun 8

24 ＩＫＥＡ、チャイ工房

涼しかったので自転車で散歩がてら
ＩＫＥＡとチャイ工房に…のはずが
付き合いでウエムラパーツ経由に。
（関西一、濃ゆいと評判のサイクルショップですが）
（ワラクシにしてみればどこも濃いですけど）
（ヴィア・バイシクルはオシャレ系かな？）

湾岸地帯を走ると
運河に並走したり、渡船に乗ったり、
でかい橋を渡ったりします。
ＩＫＥＡは建設中から巨大で、
ちとせ橋から見える風景の遠近感が変でした。
ひとめでアレだとわかる青い箱に黄色のロゴ。

日曜のチャイ工房はいつもよりお客さんが多く、
どうやら全員が自転車でやって来た模様。
お店の前にズラリと駐輪されてて壮観。

ずっと下山手ドレスの原稿のことを
考えていたので気分転換の
散歩にはならず。散漫です。

★追記
ウエムラパーツのすっっっごい
カッコいい店長は（レーサー）
関西一、強いと評判の
ショップへ移籍!! レースに本腰!!

thu 8 28

イチジク、JA岸和田

夏の間、朝食は桃かイチジク、あとミルクティー。

あるへボいスーパーの表で
（今までそこで買い物をしたことはなかった）
イチジク、もう完熟の、
形崩れちゃう手前みたいになったのを
1パック5個入り300円で売っててですね！
2箱買って、それが大当たりで！
中味がジャムみたいで！　甘くて！
どうやって流通乗ったんだろうってくらい柔らかくて！
田舎のおばあちゃんの家の庭に植わってる
イチジクの木からさっき直接もいだとこ、って
レベルの熟れ具合だったんですよ！
おいしいったらないよ！
奈良産でした。うん、近い。

連日、完熟イチジクを求めて
市場とスーパーとデパートを巡るシノッチャ。
こんな大当たりもあるけど
ハズレ引いて奥歯噛みしめることも。

先日の大当たりはJA岸和田のイチジクでした。
さすがに近い。
で、ケースにしおりが付いてて変な生き物のイラストが。
見逃さないよ！
検索したらマスコットのプレッキーさんでした。
『お、お、お！　一家の大黒柱なんだ！』と
ミョーにおかしかった。

●プレッキー一家の肖像はこちら
http://www.osaka-ja.co.jp/ja/
kishiwada/html/jak/prekkee2.htm

30 8 sat 今日のイチジク

大阪、柏原産。５個入り３８０円、勝負の２パック買い。
えーと、普通。ビミョ判定。美味しくいただきました。
柏原はブドウも名産ですね。

1 9 mon 今日のイチジク

大阪、藤井寺産、６個入り６８０円。
大当たり！　ワッショイ！　良い熟し具合！

2 9 tue 今日のイチジク

和歌山産、６個入り３８０円を２パック。
見切り品４個入り２００円も１パック追加、
勝負のまとめ買い。
結果はかなりの当たり。24時間で完食。

映画を観た帰り、
ママチャリでえらい遠回り散歩していて
巨大なイチジクの樹がある裏庭とアパートを発見。
まだ緑色の若い実と着色の浅い実ばかり
残っているところを見ると
持ち主が着々と収穫されているようです。
実の生っている樹は見ているだけでうっとりしますな。
いいなー、美味しい実なのかなー。
イチジクってすごく
土を痩せさせると聞いた事があるなー。
しばし、ぼんやり。
って、果樹の下で麦わら帽子をかぶり直すような行動は
やめとけぃ。
自転車の前カゴに布バッグも入ってるし！

fri 9

5 今日のイチジク

和歌山産。5個入り、398円。2パック。

ハ……ハ……ハズレ……無念。

「あんまり食べたことないですね」

というユーミにも
1パック渡したのに〜。

mon 9

8 塗装工事後、一ヶ月

突然の豪雨に雷雨、
マンションの壁や排水溝をツルツル流れていく雨水！
すばらしい！

で、ですね。
塗装の仕上がりは良しとして、
バルコニーの庇割れてたり鉄柵壊れてたり
よそんちの簾をうちに置いてったり
室外機の防振マットうっちゃったり。
職人さんたちは分業なので、
工事の後始末がテキトーなのですけども
東窓のシーサーは律儀に元の位置に戻されてまして。
ちゃんと外を向いて。キリリと。
ハッとしました。
沖縄のひともいたのかな。

★追記
バルコニーは現場監督さんが
自ら修繕にやってきました。

洋一工房、3ヶ月

今号のフィーヤン『下山手ドレス有田編その③』、
そろそろ店頭です。

今回の原稿を発送した翌週に
山口洋一工房からお皿と蕎麦猪口が
出来上がって届きました。
昼食は生蕎麦を茹でてウホウホ、
さっそく茄子のお皿と蕎麦猪口で。

9
13 sat

hidarikata note

先週、左肩を痛めていたのでした。
首筋から肩甲骨にかけて痛い痛い。
『再び四十肩？　アレ長引くんだよ！　また一年!?』
と怯えていたら
一週間くらいで治りました。ただの寝違い。
職業病にして致命傷。肩、大切に！
幸い、腰痛とは無縁、これは仕事量に比例すると思われ。
ウフ！

今日のイチジクは神戸のもの。美味しかった。
そろそろ名残のイチジクです。

大家さんも元ＲＯＳＥ　ＧＡＮＧ

先日の塗装工事の際に、大家さんの奥様が
「わたしも一軒家の頃、たくさんたくさん薔薇を
育てていたの」と話してくださって。
「今はマンションなので、そうもできなくて」
「いつもきれいに咲かせてるでしょ、
ときどき見せてもらってるのよ」
ちょっと切ない……。
理解ある奥様でよかった。

物件によっては厳しいところも
あるようですが
街なかのマンション暮らし、
バルコニーの緑は宝物。

大家さんのおめこぼしで大物園芸
（高さ３ｍ、10号鉢以上）を楽しむために

・家賃滞納しない
・挨拶する
・散らかさない
・ニュートラルにイカしたグリーンを選ぶ

このへん厳守で、
今後もがんばりたいと
思うのであります。

あとがき

migikata production note

[shinobu migikata note]
http://dress.blog.ocn.ne.jp/sino/

ミニ知識
知ってますか? 鎖骨ってはずれるんですよ……
肩の脱臼はメジャーですが 鎖骨も地味にはずれます
はっはっはっはっ
あ～おどろいた!!
夕陽丘～四天王寺
警察病院はうちから徒歩15分 丘の上にありまして
夕陽の名所ですね

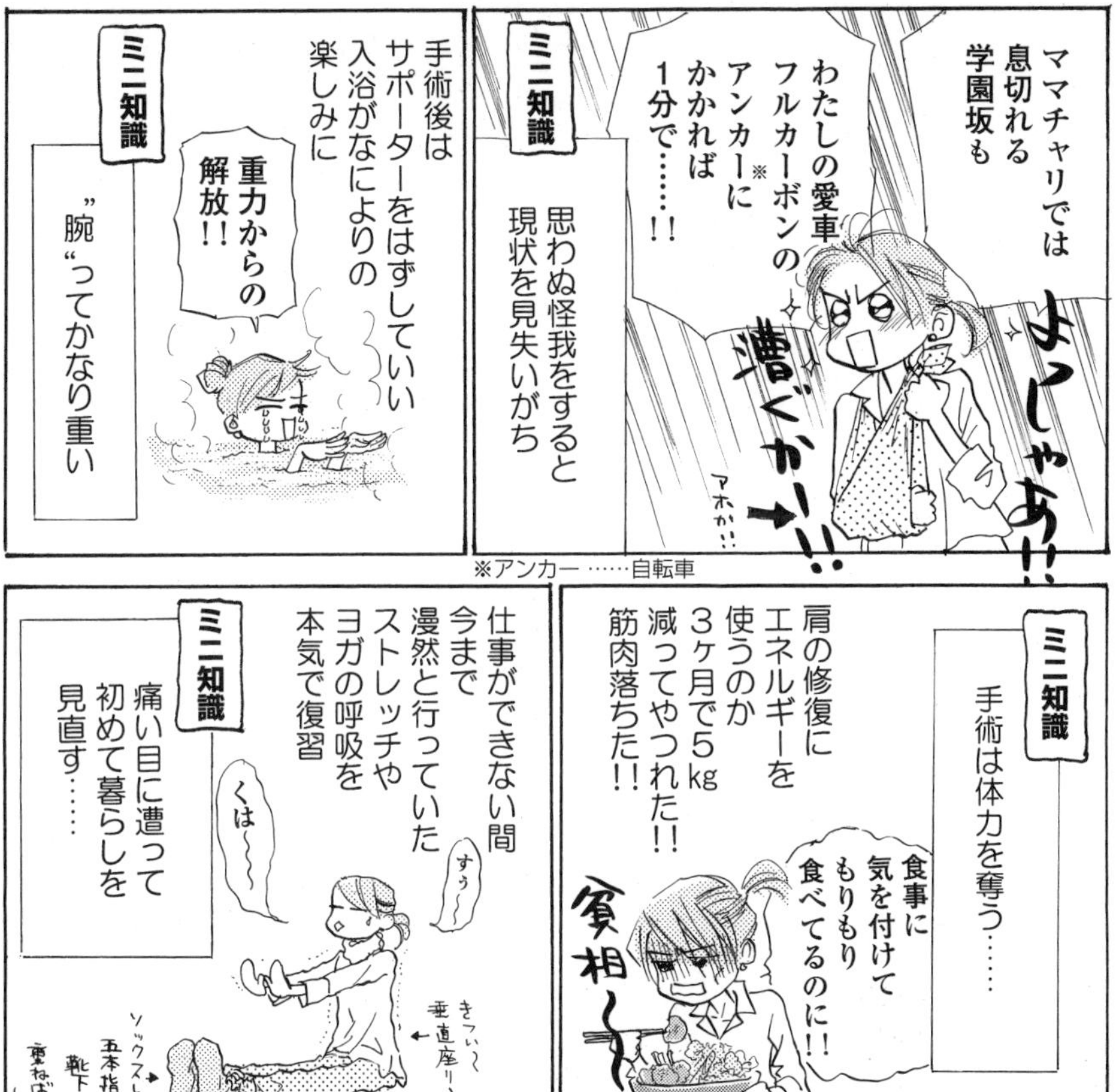

ママチャリでは息切れる学園坂も
わたしの愛車フルカーボンのアンカー※にかかれば1分で……!!
よっしゃあ!!
漕ぐか～!!
アホか!!
ミニ知識
思わぬ怪我をすると現状を見失いがち
手術後はサポーターをはずしていい入浴がなによりの楽しみに
重力からの解放!!
ミニ知識
”腕“ってかなり重い
※アンカー……自転車
肩の修復にエネルギーを使うのか3ヶ月で5kg減ってやつれた!! 筋肉落ちた!!
食事に気を付けてもりもり食べてるのに!!
貧相～
ミニ知識
手術は体力を奪う……
仕事ができない間今まで漫然と行っていたストレッチやヨガの呼吸を本気で復習
すぅ～
くは～～
きつい～ 垂直座り～
ソックスと五本指靴下の重ねばきとか
ミニ知識
痛い目に遭って初めて暮らしを見直す……
半年程ブログなど書いてお休みしたあとゆるく原稿再開
そして2回目の冬を迎えました
あれ？
?
ミニ知識
『冬に古傷が疼く』はどうやら本当
ヘボ・ブログでもせっかく書籍化なのだしなにか役に立つことを書きたかったのですが
ロキソニンを飲んでからストレッチしたほうが結局 楽
とか
肩こりは肩甲骨をほぐすのが先決
とか
ゆたぽんもい～よね～
ミニ知識
肩に一番効果あったのは貼るカイロ

Ⓢ[お店リスト]

●ア行

アウトバックステーキハウス 梅田店（アメリカ料理）
大阪府大阪市北区梅田2-1-24新桜橋ビル1F
http://www.outbacksteakhouse.co.jp/

●カ行

kaopan（パン）
兵庫県芦屋市西山町2-4
http://www.kaopan.jp/

鍵庄（海苔）
http://www.kagisho.co.jp/

カンテ・グランデ 靱公園店（カフェ）
大阪府大阪市西区靱本町1-9-23 布帛会館1F

カンテ・グランデ　中津本店（カフェ）
大阪府大阪市北区中津3-32-2 アルティスパ中津　B1F

米ディナンバー1（オーガニック弁当）
大阪府大阪市阿倍野区阿倍野元町8-5
http://www.komeday.com/

●サ行

里山カフェ（自然食）
大阪府大阪市西区土佐堀1-1-4山内ビル1F

Sangmi 梅田店（カフェ、自然食）
大阪府大阪市北区鶴野町3-10
http://sangmi.jp/

●タ行

チリン（カフェ）
大阪府大阪市中央区難波千日前7-15
http://chilinn.com/

チャイ工房（カフェ、アジア・エスニック料理）
大阪府大阪市大正区北村1-14-10
http://www.ne.jp/asahi/mappy/morochan/chai/chai.html

中国茶藝館 陶然庭（中国茶専門店）
大阪府大阪市中央区伏見町2-1-1三井住友銀行高麗橋ビル1階
http://www.hinopharm.co.jp/chinesetea.html

●ハ行

BAR ARTEMIS（BAR）
大阪府大阪市北区茶屋町1-5 茶屋町茶ビン堂ビルB1F

分とく山（懐石料理）
東京都港区南麻布5-1-5

●マ行

MANGO SHOWER Cafe 心斎橋店（カフェ）
大阪府大阪市中央区心斎橋筋1-4-1　あしたの箱ビル2F
http://www.rinku.zaq.ne.jp/mangoshowercafe/

モード・エ・バロック（フェティッシュバー）
東京都港区六本木7-16-5　戸田ビル2階
http://www.baroque.to/

※お店の情報は2009年3月現在のものになります。

Bye!

下山手日記

（ミギカタ編）

初版第1刷発行　2009年4月5日
第3刷発行　2009年4月25日

著者
西村しのぶ

発行人
志倉知也

発行所
株式会社祥伝社
〒101-8701 東京都千代田区神田神保町3-6-5
電話 03-3265-2081(販売) 03-3265-2001(編集) 03-3265-3622(業務)
http://www.shodensha.co.jp/

編集協力
株式会社シュークリーム
http://www.shu-cream.com/

装幀
小林満
(ジェニアロイド)

本文デザイン
ジェニアロイド

印刷所
大日本印刷株式会社

製本所
明泉堂

ISBN978-4-396-46019-8　C0095
Printed in Japan

［初　出］
ブログ
『shinobu migikata note』
http://dress.blog.ocn.ne.jp/sino/
2007年8月〜2008年9月に掲載したものを加筆・修正